ベリーズ文庫

スイート・ルーム・シェア

～御曹司と溺甘同居～

和泉あや

JN211140

STARTS
スターツ出版株式会社

目次

第一章

悩ませるもの

どこからか風に乗って舞い散る淡い桃色の花びらが、はらりと地面に落ちる。

快晴の空の下、川沿いのベンチに座りうつむいていた私は、心浮かれるようなうららかな春の日に似つかわしくない、深く重くるしい息を吐いた。

右手に握りしめたスマートフォンは、ひと月前に新規で購入したもの。

アドレスだって新しく取得した。

それにもかかわらず……。

「もー……どうしてまた来るの……」

思いの外疲れた声がこぼれて、そろそろ限界だと痛感する。

私を悩ますもの。

それはなかなかにやっかいな〝者〟で。

ブル、とスマートフォンが短く震えて私は体をこわばらせた。

恐る恐るメールを開くと、その文面にまたしても青空に不似合いなため息を吐き出してしまう。

本日五度目となる〝彼〟からのメール。

【今日は休日だね。たまには僕とデートしてよ。寂しいな】

たまにはもなにも……私は彼を知らない。

誰なのかもわからない相手から、何度ブロックして逃げようが、新しいフリーメールアドレスから送信されてくるのだ。

時々かかってくる無言電話もきっと同じ相手からだろう。

どこで私の番号やアドレスを入手しているのかはわからないけど、ひとつだけハッキリしていることがある。

それは、〝彼〟が俗に言うストーカーだということだ。

最近では帰宅した瞬間に【お帰り】メールも届いたし、ちょっと身の危険を感じていたりもする。

「そろそろまた警察に相談したほうがいいのかなー……」

消え入るように声にしてから、重い腰を上げた。

今日は近所の臨海公園で開催されるフリーマーケットに行く予定なのだ。

朝、目覚める前に届いていたストーカーのメールにズンと気が重くなり、一時は出かける気分ではなくなったけれど、逆に家にいるともっと鬱々としてしまいそうだったので、こうして予定どおり外出することにした。

臨海公園まではここから歩いて約十分ほど。

……よし。もうスマホの電源は切っておこう。

この川沿いは景色もいいし、ストーカーに貴重な休日の予定を振り回されるなんてもったいない。

私はふさぎ込みそうな気持ちを振り払うようにスマホの電源を切ると、鞄に押し込めて歩きだした。

やがて現れた、桜並木が連なる道。

歩道を埋め尽くすような桜の花びらの上を歩きながら、もういっそ引っ越しでもしようかと考える。

でも、お金もそんなに貯められているわけではないし、かといって実家に戻るのもなあ……なんて、結局ため息をこぼしながら身の振り方を考えていた時だった。

「あなた、気をつけなさい」

行き交う人の声を断つように、少し低い女性の声がして思わず足を止める。

声のする方へと顔ごと視線を向ければ、一メートルほど離れた場所に、薄い鶯色の小紋の着物を纏《まと》ったおばあさんがひとり。

咲き乱れる桜に溶け込むような着物姿の彼女は、白髪を後ろでひとつにまとめ、横に流した前髪に見え隠れする彼女の瞳は私をまっすぐ射抜くように見ていて、再び声を発する。

「黒く陰湿なものが、あなたを覆わんとしているのが見える」

なんだか不穏な事を口にしているけど、これは……。

「あの、私……？」

恐る恐る自分を指差すと、おばあさんは小さく、けれど確かにうなずいている。

い、陰湿って、それはもしやストーカーの悪いオーラが見えるってこと⁉

ていうか、このおばあさん何者⁉

占い師、とか？

「陰湿って、何が原因ですか？」

得体の知れない恐怖に戸惑い思わず問いかけると、おばあさんは真顔でゆっくりと頭を振る。

「何かはわからない。そして、やがてその黒いものに全てが覆われる時が来るのも見える。けれど最後には、大きな光がそれを払いのけるでしょう」

「大きな、光……」

よく、わからないけど、とにかく助かるということだろうか。

それなら安心――。

「だが、その光もまた別の黒いものを呼び、あなたを覆い尽くそうとするでしょう」

もう、できそうにないし！

「それをどう払い、乗り越えるかはあなた次第でしょう」

しかも結果的に、自分でどうにかしないといけないオチだなんて！

せめて乗り越える為のヒントを教えてもらえないか……と、おばあさんに一歩歩み寄ろうとした瞬間。

――ドンッと、肩が人にぶつかってしまい、私は慌《あわ》てて頭を下げた。

「すみませんっ！」

完全に私の不注意だ。

おばあさんの予言めいた言葉に心をもっていかれすぎたせいで、周りが見えていなかった。

下げた視線の先にあるのは、クラシックなデザインの茶色い革靴。

男性だと認識した瞬間、頭上から聞こえてきた少し低めのやさしい声。

「いや、こちらこそ」

その声に誘われるように顔を上げると、そこには――。

「すまない」

雑誌やテレビの向こうでしかお目にかかれないようなイケメンが、私を見下ろしていた。

年齢は私と同じか少し上だろうか。

すっと通った鼻筋。

形のいい唇。

グレーのジャケットに紺色のスラックスをスマートに着こなす長身。

初めて……かもしれない。

男の人をキレイだと思ったのは。

見惚れてしまい、失礼だと慌てて目を逸《そ》らした直後、自分がおばあさんと話していたことを思い出し、急ぎ視線を彷徨《さまよ》わせた。

けれど、おばあさんの姿はどこにも見当たらず、今しがたぶつかったばかりの男性も既に人波に紛れて見えなくなっていた。

桜の花びらが降る並木道で私は小さく肩を落とすと、力なく目的地へと足を動かす。

心の奥で、おばあさんの予言めいた不吉な言葉を反芻《はんすう》しながら。

――週明けの月曜日は、少しだけ頭の回転が悪くなっている気がする。

一般的には休みボケというのであろうが、今の私の場合はストーカーのこともあって脳は既にお疲れモードだ。

そんな時こそスムーズに仕事を済ませて帰宅したいのだけど、どういうわけかそういう日に限ってトラブルは起こるようで。

「すみません、高梨《たかなし》さん。僕のせいで……」

風でも吹けば流されてしまいそうな声で私に頭を下げる後輩、内山《うちやま》君に私は笑みを向ける。

「大丈夫。気にしないで」

給湯室の中、オロオロする彼に言葉をかけながら、スカートに広がる茶色いシミを水で濡らしたハンカチで拭く。

内山君が申し訳なさそうに頭を下げる理由は、このシミが原因だ。

さっき、給湯室から出ようとした私と、入ろうとした内山君がぶつかってしまって。

しかも彼の手には飲みかけのコーヒー。

飲みきる手前だったのと、冷めていたのは幸いだった。

本当にすみませんと何度も謝る内山君に、私はもう謝らなくていいようにと仕事の話を振る。

「そういえば、例の、予算的に厳しいのかな？」

「あ、はい。そう、みたいです」

「そっか……なら、練り直しかなぁ……」

自分で振った話題だけど、今度は私のほうが肩を落としてしまう。

私が働いている会社は、業界ではトップの広告制作プロダクション、『シキシマエージェンシー』だ。

親会社である『シキシマ』の中核を担う企業でもあり、私は東京本社制作局に勤務している駆け出しのＣＭプランナー。

広告業界でも有名な会社に勤められて本当に恵まれていると思う。

信頼のできる会社だと勧めてくれた父には感謝しているのだけど、ストーカーに企画の練り直しにと、今日は悩みが尽きずテンションが上がりそうにもない。

「教えてくれてありがとう。生方《うぶかた》さんにも話しておくね」

クリエイティブディレクターの名を出し、内山君と別れた私は仕事に戻った。

練り直しになるなら、早く動かないと。

クライアントへのプレゼンテーションの日も迫ってきた。

私は頭の中のスイッチを無理矢理切り替えるように両手で頬《ほお》を軽く叩き、生方さんのデスクへと向かったのだった。

翌日。


「おお！　美織《みおり》ちゃん！」

低く元気の良い声で私の名が呼ばれたのは、予算の問題も無事にクリアできた戦略会議が終わったばかりの時だ。

昼休憩に入る前に絵コンテ製作の為の資料を取りに行こうと廊下に出たら――。

「仕事、がんばってるか？」

シキシマの代表取締役社長、識嶋《しきしま》篤郎《あつろう》。

この気さくな、人好きする人柄と笑顔のもち主に出くわした。

「お、お疲れさまです、社長！」

「昌輝《まさてる》は元気か？」

「先週の電話の声は元気でしたよ」

「そうかそうか」

にこやかにうなずいた社長。

昌輝とは私の父の名だ。

実は、社長と私の父は高校の同級生だったらしい。

それを知ったのは面接を受け、採用が決まった後だった。

就職先が決まったと父に報告した時に、父はうれしそうに教えてくれた。

シキシマの代表取締役が高校以来の友人なのだと。

その後、私と父が外で夕食を共に摂っていた際、同じレストランに訪れた識嶋社長に遭遇。

以来、社長とは顔見知りとなり、こうして出会うと声をかけてくれるのだ。

「美織ちゃん、昼飯は？」

「これからです。その前に資料――」

「それはちょうどよかった！　ここで会ったのもなにかの縁。昼飯、一緒にどうだ？」

いや、縁もなにも、ここはあなたの会社で私は社員で……って、えっ⁉　社長と昼食を⁉

それはすごくありがたいお誘いだ。

けれど、私のようなヒラ社員が社長と昼食なんておこがましいんじゃ？

なんて驚きつつ思考を巡らせている間にも、社長は私の背中に手を添え、歩くように促している。

さっきから社長の斜め後ろに立っていた秘書の男性は、エレベーターの前にたどり着くと、エントランスフロアのボタンを押した。

社長の手がぐいぐいと私を押してエレベーターに乗せる。

結局、私は断ることができず、半ば強引に会社から車で十分ほどの場所にある、高級そうな老舗料亭に連れていかれた。

「今日は私の奢りだから、値段は気にせず頼んでくれ。ちなみにこの店は、懐石コースがオススメだぞ」

庭園の眺められる座敷の個室で、指差されたコースの価格は一万円を超える。

気軽に『これにします』とは言えない値段に戸惑っていると、社長個人についている秘書の男性が気を利かせてくれたのか。

「特に好き嫌いがないのでしたらぜひ」

そう言ってくれて。

私は高額なコースを頼むことに戸惑いながらも、お願いしますとうなずいた。

老舗ならではの、長年あり続けた独特の木の味わいが感じられる空間に、緊張で背筋がピンと伸びっぱなしの中、飲み物が運ばれてくる。

向かいの席に胡座《あぐら》をかいて座る社長が、熱いお茶に少しだけ口をつけてから「美織ちゃんは今、会社で困ったことはないか？」と尋ねてきた。

「会社では特に……」

仕事もやり甲斐があるし、人間関係も問題ない。

そう思い、素直に口にした言葉だったのだけど。

「ということは、社外ではあるのか」

社長の声に、私はハッとした。

確かに私の言い方だとそう聞こえる。

特に意識してなかったけど……どうやら、ストーカーの存在は私の心を麻痺させていたらしい。

ちょっとした会話の中にも疲れを見せてしまうなんて。

「若いからいろいろあるんだろう。恋愛か？」

からかうような口振りに私は苦笑いを浮かべた。

「いえ、そんなロマンチックなものじゃないですよ」

恋愛の悩みならまだ楽かもしれない。

そう思いながら返すと、社長は今度は眉を寄せて険しい表情を作る。

「もしかして、借金か」

「違います！」

借金だなんて、そんなだらしない生き方してないし、する予定もない。

「じゃあなんだ？　なにか協力できるかもしれんし、話してみないか？」

ニコニコとやさしい笑みを浮かべて私を見つめる社長。

こんなこと、本当はあまり人に話してはいけないのかもしれない。

だけど、誰かに聞いてほしい気持ちもあって。

気持ちのいい話じゃないし。

「……実は……」

私はポツポツと、ストーカーのことを話した。

そして、逃れる為には引っ越しも視野に入れている、と。

「ストーカーなんて、じめっとしたことする奴の気が知れんな。しかし引っ越しまで考えるほどひどいのは……ん？　待てよ？」

憤った顔を見せたかと思えば、なにか閃《ひらめ》いたように思案しながら顎の短い髭に触れる社長。

運ばれてきた懐石料理には手をつけず、「これはある意味……」と、ぶつぶつと漏らしたかと思えば。

「美織ちゃん」

「はい」

社長は少しだけこちらに身を乗り出すようにしながら口を開く。

「もし君さえよければ、しばらく住むところを提供しよう。しかもボディーガードつきだ」

「えぇっ⁉」

住む場所だけでなく、ボディーガードまで⁉

な、なんですかこの展開！

そんな奇跡のような話があっていいのだろうか。

あまり好条件すぎると怖くなるんですけど！

いや、それよりもそんなによくしてもらえるような関係ではないわけで。

「そんな、とてもありがたいお話ですけど、ご迷惑はかけられませんっ」

「迷惑なもんか。むしろ願ったり叶ったりだ」

「え？」

何故、願ったり叶ったり？

首をかしげるも、社長は「とにかく、今はストーカーから逃げるのが先決。私に任せてくれないか？」と、ようやく箸を手にした。

私はそんな社長に続いて箸を手にしながら考える。

住むところを提供してもらえるなんて、本当にありがたい。

だけどやっぱり、そこまでよくしてもらうのは悪いと思うものの……。

正直、ストーカーから早く逃げたい気持ちが勝る。

プラス、厚意を無下にもできず。

「美織ちゃんを助けたいんだよ」

「社長……ありがとうございます」

結局、押し切られる形で甘えることになったのだった。

おいしい食事にうれしい提案。

私は、自分の心がやや軽くなるのを感じ、自然と口もとをほころばせた。

無愛想な同居人

私には一生縁がないと思っているものがいくつかある。

それは、世界一周旅行に年に一度は行くことだったり、テレビで特集されるような大家族になることだったりとさまざまだ。

そして、高級マンションの最上階に住むというのもそのうちのひとつ……だったんだけど……。

「ここだ、ここだ」

縁というのは人生に突如として飛び込んでくるようで。

私は今、都内の高級タワーマンションの最上階である四十七階に立ち、玄関扉の横のインターホンに手を伸ばす社長の隣で胸を高鳴らせていた。

どうやらここが、私がしばらくごやっかいになるお家らしい。

中には先日社長が話していたボディーガードだろうか、男の人がいるようで、社長とふたり、重厚感のあるダークブラウンに染め上げられた玄関扉が開くのを待った。

ほどなくして、ドアのロックが解除された音がし、三分の一ほど扉が開く。

私からは姿は見えないけど、対面している社長は「よっ」と軽く手を上げながら笑みを浮かべた。

「本当に来たんですか」

エントランスのインターホン越しでは聞こえづらかったけれど、呆れたようなその声はクールな中にどこかやさしさがある。

「あったり前だ。ほら、この子が美織ちゃんだ。よろしく頼むぞー」

紹介しながら私を自分の前に押し出すように立たせた社長。

必然と、私の視界には男性が映ったのだけど――。

「あっ!」

その姿を見て、驚いた。

「あなた、あの時の……」

私の様子に社長が首をかしげる。

「なんだ、知り合いだったのか?」

「いえ、初対面です」

答えたのは私ではなく彼だ。

どうやら彼のほうは覚えていないらしい。

斜めに分けられた前髪から覗く瞳が訝《いぶか》しげに私を見ていた。

でも、それが普通だろう。

私が覚えていたのは、彼のルックスレベルが高いから故だ。

涼やかな顔立ちと、それに似合うショートレイヤーにカットされた、清潔感のある黒髪。

思わず見惚れてしまうその容姿は、まさしく——。

「あの、道でぶつかってしまったことがあって」

薄紅の花びらが舞う桜並木の下、私の不注意で迷惑をかけた相手だ。

「ほうほう。運命の再会か」

冗談なのか本気なのか。

社長は楽しげに笑うと、あとは若いふたりに任せるよと言い残し、廊下の向こうへと去っていってしまった。

いきなり置き去りにされて戸惑ったものの、きちんと挨拶をしていないことに気づいた私は、手にしていた大きめの鞄を持ち直すと、彼に改めて向き直る。

「高梨美織です。以前は不注意でぶつかってしまいすみませんでした」

「だから覚えていない」

軽く頭を下げて私に、彼は興味なさそうな声色で告げた。

もしかして、なんだけど。

私、歓迎されてない?

どこの馬の骨かもわからない女性のボディーガードなんて……とか、思われてるのでは。

い、いや、悪く考えるのはよそう。

ほぼ初対面だし、人見知りされてるのかもしれないし。

ここは別の話題を振ってみようと、顔に笑みを乗せた。

「えっと、社長からボディーガードを付けると伺ったんですけど、もしかしてあなたのことですか?」

この質問なら彼も自己紹介が始めやすいはず。

そこから少しでも友好度を上げたいと目論んだものの。

「俺はここの家主だ。ボディーガードはあの人が勝手に俺のことをそう呼んだだけだろう」

彼からの冷淡な視線を浴びせられながら説明を受けた私。

予定外の展開に、私はただ首をかしげ眉根を寄せてしまう。

「ということは、あなたのお家に私が居候……させてもらうんでしょうか？」

自分でも確かめるように声にすると、彼は少し面倒そうに小さくうなずいた。

なんということだろう。

てっきり空いている部屋にボディーガードの人と住むのかと思っていた私。

けれど蓋《ふた》をあければ、既に家主がいて居候の身としてお世話になるという事実。

これでは確かに彼の態度がそっけないのも納得だ。

「す、すみません！　そんな話とは知らなくて！　あの、お世話になる話はなかったことにしていただいて――」

「理由は聞いている」

焦って居候の件をキャンセルしようとした私の言葉を、鋭い声色で断ち切った彼。

「ストーカーに困っているんだろ？」

「はい……」

素直にうなずくと、彼は中途半端に開いていた玄関扉に寄りかかり腕を組んで。

「本来ならば絶対に断る話だが、あの人の頼みだ。特別に、引っ越しが可能になるまでは置いてやる。ただし、俺が無理だと思うようなことがあればすぐに追い出す。いいな」

淡々と、けれど威圧するように言い放った。

キレイな顔からは想像もつかないきつい態度に、つい頬が引きつる。

なんだかもう帰りたい気分になってきたけれど、有無を言わさないような感じで「とにかく入れ」と促され、断ることもできないまま、私は広い玄関ホールへと足を踏み入れた。

色味の抑えられた玄関ホールは落ち着いた雰囲気で、彼には似合っているなと思った直後、ハタと気づく。

肝心なことを尋ねていないと。

「すみません。私、まだお名前を伺ってなくて」

もしかしたら社長からの紹介だから、名乗る必要はないと思われているのかも。

そんな風に考えつつ、広いリビングに入ったところで聞けば、彼は振り向いて二重の瞳をわずかに丸くする。

「知らないで来たのか?」

「も、申し訳ないです……」

本当に、よく考えたら私ってば、社長から細かい説明を受けていなかった。

というか、聞いても『詳しくは行ってから』としか答えてもらえなかったし。

もっとしっかり聞くべきだったと反省していると、彼はこっちだと言いながら、リビングの向こうに伸びる廊下へと進んでいく。

慌てて追いかければ、一番奥、突き当たりの部屋の扉をあけた彼。

「この部屋を貸す。ベッドや家具は好きに使ってかまわない」

「は、はい。ありがとうございます」

「俺はこれから出かける。帰りは遅くなるから、適当に過ごしてくれ。家のカードキーはダイニングテーブルに置いておく。それじゃあな」

半ば強引に会話を終わらせた彼は、リビングへと踵《きびす》を返す。

すれ違いざま、シトラス系の爽やかな香りが鼻孔をくすぐって。

振り返る雰囲気が微塵《みじん》もない彼の背中を見送ってから部屋に入った。

手にした鞄を部屋の奥の大きなベッド脇に置き、改めて部屋を見渡す。

東京の景色を見渡せる仕切りのない広い窓。

部屋の中央には丸いガラスのコーヒーテーブルと、ひとり掛け用のボルドーの革ソファーがふたつ。

そして、何故かここに入ってきた扉以外にも扉がふたつある。

確かめてみれば、ひとつは三畳ほどのウォークインクローゼットと、もうひとつは。

「バスルーム！　ゲストルーム用ってこと⁉」

ほとんどの人にはなじみがないであろう、お客様用のバスルームがあった。

「トイレもちゃんとあるし、洗面台も大きい……」

なんかもう、食事さえできればこの部屋からほとんど出ないで生活ができそうだ。

居候だけど、これならあまり顔も合わせないだろうから、気を使う機会は減りそうでありがたい。

さっきまでお断りする気持ちが大きくなっていたけど、この生活をちょっと前向きに考えられそうだ。

そう思ったら少しだけ肩の力が抜けて、私は荷物を解く前に広いベッドに身体を投げ出した。

スプリングが心地よく私の体を受け止めてくれて、大の字でまぶたを閉じる。

「……名前、聞きそびれちゃったな」

こんな高級マンションに住んでいて、社長と知り合いならそれなりの人なんだろう。

なにをしている人なのか。

社長とはどんな関係なのか。

答えは得られることはなく、家の中で再び彼と会うこともなく、居候生活初めての朝を迎えることとなったのだった。


「おはようございます」

居候生活二日目、月曜日。

出勤して自分の席に着いた直後、隣の席の後輩、忍野《おしの》麻衣《まい》が声をかけてきた。

「ねえねえ高梨さん、知ってます？」

彼女は流行りのアイシャドウを乗せた瞳を輝かせ、私が尋ねるよりも早く続きを口にする。

「ニューヨーク本社勤務の社長の息子が、今日本に滞在しているらしいですよ」

「そうなの？」

「ですです！　噂だと、なかなかイケメンらしいですよー」

お目にかかりたいなー、なんて言いながら楽し気に自分の席に戻った麻衣ちゃんを横目で見送りつつ私は思考を巡らせた。

ニューヨーク勤務の社長の息子がなんで日本に？

休暇にしては時期が中途半端だし、視察かなにかだろうか。

確か一昨年も、社長の息子が日本にいるとか耳にした時期があった。

その頃、同期の友人が掴《つか》んだ情報では、高級ホテルのスイートに連泊してるって話で、実家があるのに帰らないのかなって思ったんだっけ。

……まあ、人にはいろいろな事情があるものだ。

実家に帰らずにホテル住まいを選ぶ理由は人それぞれ。

私のように、ストーカーから逃れる為に高級マンションで生活するのだって、なにも知らない人からすれば、どうしてそうなったのかと疑問に思うだろう。

しかも、ほぼ初対面の人との同居生活なんて、なかなかない体験だ。

まして相手は男性。

誤解を招きかねないポイントが重なりすぎて、誰にも話せそうにない。

なので、両親にすら今回の居候の件は正直に報告していないのだ。

社長にも、親には心配をかけたくないからと口止めをお願いしてある。

それにしても、一晩明けたにもかかわらず、まだ彼の名前すら聞けてない。

朝、支度を済ませてリビングに出た私を迎えてくれたのは、家主である彼ではなく、中年のハウスキーパーの女性だった。

品のある柔らかい笑みを浮かべた彼女は村瀬《むらせ》さんというらしい。

忙しそうにしていたのであまり話せなかったけれど、彼はもう出かけたとのことだった。

今日は必ず名前を聞こう。

心に決めて、私は仕事をすべく、気を取り直すようにパソコンを立ち上げた。

そして、同日の昼休み――。

「ああ、アイツならもういるんじゃないか？」

会社近くの定食屋さんで、頼んだ焼き魚定食を待ちながら、私は先輩の言葉に首をかしげた。

私の向かい側に座っているのは、相馬《そうま》孝太郎《こうたろう》先輩だ。

二十八歳、独身。

健康的な浅黒い肌に、奥二重のシャープな顔立ち。

誰にでも気さくで面倒見のいい男性なので、女子社員からのウケもいい人だ。

相馬先輩は私と同じ制作局のコピーライターなので、こうして一緒にお昼に出ることが多い。

いつもは麻衣ちゃんや他の先輩たちも一緒だけど、今日は食べたいものが分かれたので私と相馬先輩のふたりだけだった。

お冷を口にする先輩に私は尋ねる。

「いるって、どこにですか？」

「うちだよ。東京本社。たぶん社長室とかその辺りにこもってるんだろ」

興味がなさそうな口調でテーブルに片肘をついた先輩が教えてくれているのは、朝、話題に上がった社長の息子の話だ。

どうやら麻衣ちゃんが会いたがっている件《くだん》の人はかなり近くにいるらしい。

「そうなんですね……。それにしても、先輩」

「ん？」

「詳しいですね」

「そりゃ、夕べ本人から聞いたしな」

「──え？」

本人って……この場合、社長の息子……だよね？

固まった私の様子に、相馬先輩は目を丸くした。

「あれ、言ってなかったか？　俺、アイツとは幼なじみなんだよ」

「初耳ですよっ！」

私のツッコミに、先輩はツーブロックのベリーショートヘアをわしわしとかいて笑んだ。

「あー、そうか。まあ、そういうことだ。午後から挨拶があるとか言ってたけど……どうなるか……」

心配そうに眉をひそめた相馬先輩に、なにがですかと私が問えば。

「多分、そのうちわかる」

苦笑いを浮かべ、ちょうど運ばれてきた生姜焼き定食を食べる為、箸を手に取った。

私は、続いてテーブルに置かれた焼き魚定食を前に、なにがわかるのだろうと再び首をかしげつつ、いい具合に焼けた魚に箸を入れた。

その、一時間後。

私は〝彼〟を見て目を見張った。

そう。〝彼〟が現れたのだ。

細身のスーツを着こなし、

「識嶋《しきしま》 玲司《れいじ》です」

私の職場に、

「本日より一年間、社内研修で制作局に配属となりました」

同じ部署の上司として。

「どうぞよろしく」

家主である、彼が。

次期社長の登場、しかもイケメンとくれば……当然、女性社員たちの落ち着きがなくなる。

もちろん麻衣ちゃんもテンションが上がったようで、私の隣で小さく黄色い声を出していた。

そんな彼女の声を聞きながら、私は別の意味で落ち着きを失っていた。

まさか、居候先が御曹司の家だなんて。

いや、あの高級なマンションの最上階に住んでるくらいだし、それなりにお金持ちだとは思っていた。

社長とつながりがあるんだから、なにかお仕事で成功してる人なのかな、とか。

だけどまさか、息子だったなんて。

というか、息子の家に私を住ませるなんて、どういうことですか、社長！

ますます会社の人には言えない状況にとまどい、茫然としていたら、バチリと御曹司様と目が合ってしまった。

動揺し、体をこわばらせた私に、彼は何事もなかったかのように視線を外す。

……気づいて、ないんだろうか。

もしかして、顔を覚えられていない？

最初の出会いでも覚えてもらってなかったし、その可能性はありかも。

でも、そのうち嫌でも覚えられるはずだ。

同じ家で同じ会社の同じ部署。

さすがに覚えないままではないだろう。

とすれば、心配なのは、私が居候していることがバレてしまうことだ。

これは早急に口止めをお願いしなければ……！

ファンも増えそうだし、女性社員に睨《にら》まれてこれ以上ストレスを増やすのは勘弁だ。

そう思っていたのだけど——。


「時間は有限だ。無駄な時間を過ごさないよう、仕事に関係ない話はしないでもらいたい」

どうやら、その心配は無用だというのがその日のうちに発覚した。

多分、相馬先輩がこぼしていたのはこのことなのだろう。

ミーティングの際に出たアイデアから、少しだけ話題が横道に逸《そ》れた時、彼……識嶋さんが社員を叱ったのだ。

彼は家だけでなく、会社でもそのきつい性格で通してしまっていて、イケメンに弱い女性社員も出会いから数時間で既に引いている状態。

それにしても……無駄は言いすぎじゃないかな。

識嶋さんの言っていることは正論なんだけど、プランニングの最中は時に、少し外れた話題からいいアイデアが浮かぶ時もあるのだ。

無駄な時間とは言い切れないと私は考え、つい彼に物言いたげな視線を送ってしまった。

しかもうっかり視線がぶつかってしまって。

「なんだ」

識嶋さんの冷たい視線と威圧的な言い方に、私は苦笑しつつ「いえ、なにも」とごまかした。

もしも、苦手な上司ランキングがあったなら、識嶋さんは間違いなく上位に食い込むだろう。

むしろ、私の中での苦手な人ランキングではトップに躍り出るかもしれない。

帰宅したら口止めをお願いしたいけど、この感じだとどうなることか。

いつもと違う、変に緊張した空気のミーティングが進む中、私はそっと心の中でため息を吐いたのだった。

群れをなす魚のような帰宅の人波もとっくに過ぎた午後十時。

残業後、ビルの隙間から見える夜空には、都会の明かりに負けじと輝く星が浮かんでいる。

それを見上げながら先月新調した大きめのトートバッグを肩にかけ直し、駅へと向かっていた帰り道――。

私は、その音に気づいた。

いつの間にか人気《ひとけ》がパタリと途絶えた道で、背後から一定の距離を保つ足音に。

……気のせいかもしれないと思うものの、それでも一抹の不安が残るのはストーカーの存在があるからだ。

もしかしたら、後をつけられてるのかも。

湧き上がる恐怖から逃れるように自然と足早になった。

静かな道に私のヒールの音が響く。

震える手でトートバッグの持ち手を握りつつも、いまだつかず離れずのペースで追ってくる靴音に心臓が狂ったように騒ぎだす。

追いつかれたら、どうなってしまうのか。

想像するのも怖い。もしもの展開が訪れてしまったらと、半ばパニックに陥《おちい》っていた時――。

急ぎ歩く私の横に白いロールス・ロイスのリムジンが止まった。

滅多《めった》にお目にかからない高級車に、私は何事かと前進するスピードを緩《ゆる》めてしまう。

すると、後部座席のウィンドウが下がり、中から顔を覗かせたのは、今日から東京本社に異動してきた識嶋さんだった。

「乗れ」

短く発した声と同時に、運転席から黒いスーツ姿の中年の男性が降りてきて、後部座席のドアをあけた。

「さあ、どうぞ」

促されて一瞬戸惑ったものの、背後にあった足音を思い出し、私は識嶋さんの搭乗するリムジンにお邪魔した。

続いて運転手さんが運転席に座り、車はすぐに動きだす。

助かった……と、安堵し肩を下ろした私は、向かいの席に長い足を組んで座る識嶋さんを見上げる。

彼は背後を気にして見ていたようで、けれどすぐに体を正面に直すと窓の外を流れる街明かりに視線を投げた。

……もしかして、だけど。

異変に気づいて助けてくれた？

というか、私のこと覚えてててくれてたんだ、と少し感動してしまう。

……いや、そうだよね。

さすがに、居候させる相手の顔は覚えるよね。

すれ違いざまにひと言声を交わしただけとは違うもの。

なんて考えてる場合じゃなかった。

どんな流れにせよ、助けられたんだから、今はお礼が先。

「あの、ありがとうございました」

リクライニングさせたシートに体を預ける識嶋さんに感謝を口にすると、肘掛けに肘をついていた彼は窓の外を見つめたまま唇を動かす。

「たまたま見つけたから声をかけただけだ。別に心配したわけじゃない」

そっけない声色。だけど、言葉には少しのやさしさ。

だって私、なにも言ってないから。

助けてくれて、とか、なにも。

でも、彼は心配したわけじゃないと言った。

それは、私の様子を見たからこその言葉だろう。

そして、先ほど背後を気にしていたのは、もしかすると私を追っていた人物を確認していたのかもしれない。

「……顔とか、見えました？」

「たぶん男だろう、くらいだ」

「そうですか……」

やっぱり人はいたんだ。気のせいじゃなかった。

それから識嶋さんもやっぱり助けてくれたんだと確信し、思わず口もとが緩む。

先ほどまで不安でガチガチだった心が、少しずつ温められて溶けていくようだ。

「なにを笑ってる」

不服そうに胸の前で腕を組んだ識嶋さんは、ようやく私を見てくれた。

「いえ、なんでもないです」

答えれば、広い車内で彼はどこか居心地が悪そうに足を組み直し、今度はきちんと私の目を見て話す。

「ストーカーはいつから始まったんだ？」

「確か、去年の夏くらいからでしょうか」

思い出しながら答えると、識嶋さんはさらに「警察には行ったのか？」と質問してきた。

「届けましたけど、特に本格的に動いてくれてはいないです。なので、今は自分で対処してるんですけど、メールアドレスを変えても何故かまた連絡が来るし……」

「なら、知り合いの中にいるんだろ」

言い切った彼に、私はうろたえてしまう。

「そ、そうとも限らないじゃないですか」

思わずどもったのは、一度はそれを疑った自分がいたからだ。

何度番号を変えても来る無言電話、気持ちの悪いメール。

ただの嫌がらせなら、アドレスを変えれば終わると思っていた。

でも、終わらなかった。

それは、ストーカーの張本人は私の身近な人だという可能性があるということを示すもの。

だけど、そんなわけがないと信じたかった。

身近な友人や同僚、上司、後輩を、そして家族を、疑いたくないのだ。

それを口にしたら、識嶋さんは笑うだろうか。

キレイごとだと、甘い考えだと否定するだろうか。

でも、それでもかまわない。

人を疑い続けながら生きていくよりも、胸を張ってキレイごとを声にする。

そんな生き方をしていくほうがずっといいと思うから。

ただ……それでも、誰かから疑いを口にされれば、思わず心が不安に揺れてしまうのは事実。

今度は私のほうが視線を外して黒い絨毯へと落とす。

赤信号に、車がゆっくりと停車したところで、識嶋さんは小さく息を吐いた。

「そう思いたくないいんだろうが、問題が近くにあるのなら手早く対処するべきだろう」

それが自分の為だと告げられ、真っ当な意見に私は落としていた視線を上げる。

「相手が誰であろうとその行為は犯罪だ。許されるものじゃない」

まっすぐな目と言葉に、私は「はい」とうなずく。

昼間のミーティングでも思ったけど、基本的に識嶋さんは隙がなくて正論を口にする人だ。

　ただ、言い方に問題がある。

　無駄を省きたがるうえに結論を急ぐし、なにより思いやりがない……というより、見えにくいという方が正しいだろうか。

「警戒心がなさすぎて話にならないな」

　これもきっと、助けてくれた流れから考えるなら警戒心をもって用心しろって言いたいんだろうけど、攻撃的でわかりづらい。

　私にMっ気があればそれでもOKなんだろうけど、あいにくノーマルだ。

　なので、許容できず……。

「あの、もう少し言葉を選んだほうがいいと思いますよ」

　口出ししてしまった。

　というか、相手を不快な気持ちにさせない言葉を……という話なのに、よく考えたら私も識嶋さんを不快な気持ちにさせてるのではと気づく。

　だけど意外にも嫌な顔をせず、識嶋さんは涼し気な顔で「遠回しに言っても伝わらないこともあるだろう」と唇を動かした。

　いや、確かにそれもそうですけど。

　ああもう、この人あれだ。

まじめすぎて不器用な人なんだ。

「警戒心がないといえば同居の話もそうだ。相手が俺だからいいものの、他の男なら簡単に犯されるだろうな、お前は」

「なっ、そんなことありませんよ！　私は社長を信頼して頼ったんですから！　そして私は〝お前〟ではなく、高梨美織という名前がありますので」

「とにかく、もう少し警戒心をもて。でないと足もとをすくわれるぞ」

名前の件はキレイさっぱり流されてしまったけれど、かけられた言葉は存外思いやりを感じるもので。

私は一瞬口をつぐんでから、ひとつ、うなずいてみせた。

言い方はちょっと頭にくるけれど、この無愛想で不器用な御曹司様に迷惑をかけないようにしようと、心の中で誓いながら。

彼の恋人

休日のお台場は人であふれている。

買い物に繰り出す人、観光で訪れる人。近隣の駐車場も満車マークが目立つ。

そんな賑やかな街中を、買ったばかりのドーナツの袋を手にして歩く私。

時刻は午後二時を過ぎたところで、向かう場所は居候先であるタワーマンションだ。

識嶋さんの家で生活を始めて一週間。

いまだに家の広さと豪華さには慣れないし、ここで暮らすのもまだ少しぎこちない。

それにしても、この辺りはショップがたくさんあって、少し出かけるだけでも魅力的な物が目に留まり困ってしまう。

縁あってお台場のタワーマンションに住むようになったけど、私のお財布の中身が変わったわけじゃない。

財布の紐をうっかり緩めたりしないように、私は気を引き締めながらマンションをめざした。

暖かな春の陽気に頬をなでる心地のいい風。

こんな穏やかな休日に、大好物のドーナツを素敵なお家のリビングで食べられるなんて幸せ……なんだけど……。

ここにいると、識嶋さんに助けてもらった帰宅後の出来事を思い起こさせる。

＊　＊　＊

その日、帰宅した私たちは村瀬さんが用意してくれていた夕食を一緒に摂った。

その最中、居候していることを内緒にしてほしいとお願いしてみたのだけど……。

「何故俺がお前の都合に合わせなければならないんだ」

お気に召さなかったようで、識嶋さんは不機嫌そうに眉根を寄せて私を見た。

けれど、負けるわけにはいかないので、私は食い下がったのだ。

「私にも私の立場があるんです。変に誤解されるのは識嶋さんも困るでしょう？」

問いかけると、識嶋さんは手にしていたワイングラスをテーブルに置いて。

「確かに、それは困るな」

きっぱりと言い切った。

……何故だろう。

自分で問いかけたにもかかわらず、気に障るのは。

同意してもらってありがたいのに、微妙な気持ちになるのは識嶋さんの態度が偉そうに見えるからだろうか。

絶対そうに違いない。

断じて『俺は困らない』なんて言ってほしかったわけではない。でも私はうなずいてみせた。

「それならぜひ内密にお願いします」

今度はいい返事をもらえるだろう。

半ば確信して頼んだのだけど、何故か識嶋さんは「……いや、待て」とテーブルに片肘をついて私を見つめていた。

そして、わずかに口角をつり上げたかと思えば。

「いいだろう。とりあえずはだまっていてやる。ただし、役に立ってもらおう」

交換条件を口にしたのだった。

この後、内容を聞いても彼は……。

「時が来たら話す」

そう答えるだけで、教えてはもらえなくて。

気になるけど、しつこく聞けば厳しい言葉を浴びせられるだろうと追及はしないでいた。

＊＊＊

ひとしきり思い出しながらタワーマンションのエントランスに着くと、借りているカードキーをお気に入りのショルダーバッグから取り出す。

そして、カードリーダーに翳《かざ》して自動ドアをあけた時だった。

ジャケットのポケットに入っていたスマホが震えるのを感じて。

もしかしてと思いつつ画面を見れば、相手はやはりストーカーだった。

【最近どこに帰ってるの？　まさか彼氏のところ？】

君は僕のものだよね。

そう言いたげな文章が、家を出てもなおこうして変わらずに送られてきている。

どこに帰ってるの、だなんて……。

完璧に行動を監視されているみたい。

勤務先もどうもバレているみたいだし、識嶋さんの言うとおり、もっと警戒しないとダメだ。

もう一度警察に相談してみようかな。

そう考えながら玄関の扉をあけると、部屋の奥の方から識嶋さんの話し声が聞こえてきた。

電話中かな、と思いつつリビングに入れば、案の定ソファーに腰を沈めスマホを耳に当てた識嶋さんがいる。

なにかあったのか、識嶋さんはイラ立たしげに目を細め、深く息を吐いて通話を切った。

その不機嫌な様子に、声をかけるタイミングをうかがいながらダイニングテーブルにドーナツが入った袋を置く。

「早速出番だぞ」

突然、意味のわからないことを言われて私は瞬きを繰り返した。

「もう忘れたのか。役に立ってもらうと言っただろう」

「ああ！　え、なにをすればいいんですか？」

ソファーに体を預けたままの識嶋さんに問うと、まあ座れと促されて。

私はジャケットを脱いで抱えると、彼の向かい側のソファーに座った。

するとと識嶋さんは少しだけこちらに身を乗り出して「まず」と口にし始める。

「断ることは許されない。断るならここから出て行ってもらう」

……え。待ってよ。

「そ、それはこの前言われてないですよ⁉」

出て行けなんて、そんな話じゃなかったはずだ。

いや、迷惑だというなら出て行くけれど、一応約束を交わしたわけだし、変えるのは反則でしょうと思っていると、識嶋さんは真剣な顔で再び唇を動かす。

「お前も困ってここにいるんだろう？　それなら、俺が困っていることをお前が助けるのも当然だと思うが」

た、確かにそうだけど。

「でも、この前の話では『だまっている代わりに』って」

「じゃあ追加だ」

ええええぇっ⁉

フェアじゃないんですけどっ！

社長も強引なところあるけど、遺伝？

むしろワガママプラスで遺伝して――。

「俺の恋人になれ」

…………。

「……はい？」

今、なんて言ったの？

「必要な時だけでかまわない。会社ではその必要はないと思うが、万が一必要になった場合は会社には隠していると伝えれば問題ない」

「え？　ん？　待って待って、待って、待ってください」

「なんだ」

「なんだ、じゃないですよ。恋人ってなんですか！」

「だからそのままの意味だ。もちろん偽装だが」

「偽装？　ウソの恋人ってことですか？」

「そうだ」

当然のように答えた識嶋さんが説明してくれたのは、縁談の話だった。

どうやら最近になって識嶋さんのお母様が縁談の話をもちかけてきたらしい。

けれど識嶋さんは今結婚することにメリットがないと感じていて、断りたいのだと。

「それなら断ればいいじゃないですか」

「断るだけで納得するような相手じゃない。だから不服だが、お前に頼んでいるんだ」

不服って！

そりゃ、私は極上の美人でもアイドルのようにキュートでもない。

特出したものはない平凡な女ですよ。

そう、平凡なんです。

「無理ですよ。立場が違いすぎて虫よけには力不足です」

「そこは適当にごまかせる。問題ない」

ありありですけど！

でも、ここで断ればまたあの家に戻るわけで。

引っ越しする為のお金が貯まるまで、いつストーカーに襲われるのかという不安や、目に見えない恐怖と闘い続けなければならなくなる。

怯《おび》え、精神をすり減らしながらの生活を送るのか。

それともどう転ぶか予想もつかない偽装の恋人となるのか。

「……必要な時だけ、ですよね？」

「ああ。だが、偽装だとバレないようにある程度は普段から努力する必要はあるだろうな」

その努力の具体的な内容がちょっと不安だけど、ストーカーと闘い続けるよりもまだいいはず。

ギュッとこぶしを作った私は、背筋を正すと識嶋さんにうなずいてみせた。

「協力します。やります、ウソの恋人役」

だから約束、ちゃんと守ってくださいね。

伝えると、識嶋さんは「もちろんだ」と、出会ってから初めての微笑みを見せた。

わ……笑った。

識嶋さんが、笑った。

不覚にも心臓が大きく波打って私は思わず立ち上がり、チョコレートのかかったドーナツを袋から取り出すと一口かじる。

今この瞬間、私の中の彼に対するなにかが少し変わった。

それほどに、普段、無愛想な人の笑顔の威力って……、絶大だ。


「識嶋ディレクター」

午後、営業部に用事があり廊下を歩いていた時だ。

「社長がお呼びですので、社長室にお願いします」

「わかった」

識嶋さんが東京本社専属の社長秘書に声をかけられているところに出くわした私は、とっさに曲がり角を利用し隠れてしまう。

理由は先日約束した恋人偽装の件だ。

了承したものの、やはり万が一の時が来たらうまく対応できない気がして、できるだけ恋人としてふるまうことがないようにと、こうして会社では識嶋さんとの接触をできる限り避けるようにしている。

まあ、今回は社長秘書の女性が相手だし、特に必要になりそうな気配は――。

「ところで、識嶋ディレクター？　よかったらこれ、使ってください」

「……なんだ？」

ないはず、だったのだけど。

用件とは関係のない会話が聞こえてきて、私はそっとふたりの様子をうかがった。

すると、社長秘書は細くしなやかな指に挟んだ名刺を識嶋さんに差し出していて。

「あ、使ってほしいのはこちらです」

語尾に甘さを滲《にじ》ませて名刺を裏返し、なにかを見せた秘書さんが、含みをもたせた色気のある笑みを浮かべた。

これ……あれかな。

プライベートなにかが書いてあって、アプローチを仕掛けているんじゃ？

だとしたら、なんて勇敢なの。

彼女は識嶋さんから浴びせられる叱咤の嵐が怖くないのだろうか。

というか、これ、私の行動は正解なのでは。

今出て行くと虫よけとして使われる可能性大？

いやでも、むやみやたらと恋人設定を使うような人だろうかと頭を捻《ひね》った時だ。

「男漁りならよそでやれ」

果敢に挑んだ彼女が、バッサリと冷徹に切られた。

フォローするわけじゃないけど、秘書の女性はけっこう容姿はいいと思う。

髪型もメイクも今の流行りに合わせていて、かつ彼女には似合っているからとても魅力的だ。

服装も秘書らしく清楚で女性らしさもある。

世の男性のほとんどは彼女のようなタイプを嫌う人はいないだろうという印象なんだけど……なにぶん、今回は相手が悪かったとしか言いようがない。

ああ、識嶋さんから冷たい視線を向けられ固まる秘書さん。

苦笑いを浮かべ見守ることしかできない私を、どうか許してください。

胸中で秘書さんに謝罪した私だったけど。


それから数時間後――。

「おー、美織ちゃん」

終業のチャイムが鳴ってしばらく後、帰宅の為にエレベーターを待っていた私に社長が声をかけてくれた。

背後に、一刀両断されていた秘書さんを連れて。

彼女は昼間のショックをおくびにも出さず、口もとに緩く笑みを浮かべ立っている。

そんな秘書さんに社長が「先に戻っていいぞ」と伝えれば、彼女は私にも一礼をし、礼を返した私に微笑むと廊下の向こうへ消えていく。

それと同時、呼んでいたエレベーターが到着し、社長は私に乗るよう促した。

同乗者は私たちの他には誰もいない。

「今日はもう仕事は終わりかな?」

「はい。今日は早めに仕事が片付きました」

そうすれば社長はニコニコとシワを深めて。

「そうかそうか。優秀だな。で、アイツとは仲良くやれてるか?」

褒めつつ識嶋さんのことを聞いてきた。

「あー……えっと……」

正直、できるわけないですと答えたかったけど、そこはぐっと堪《こら》えて「どうですかねー」とごまかした。

今日も帰宅後顔を合わせたら、またなにかきついことを言われるんじゃないか。

そんな予想をしただけで既にもう疲れそうになる。

けれど社長の前ではせめて顔に出すまいと、心の中で留めたつもりだったけれど。

「んー、苦労かけてしまってるのか」

失敗したようで、社長は苦笑した。

エレベーターの階数表示が一階を示し、社長と共にエントランスへ向かう。

どうやら社長は少し話がしたいらしく、私をエントランス脇にある来客用の打ち合わせスペースに誘った。

断る理由もないので社長とふたり、正方形の白いテーブルを挟み、向かい合わせに座る。

「いやー、アイツはあんな性格なもんで友達も少ないようでなー」

……まあ、そうでしょうね。

よくわかります。

相馬先輩も幼なじみとしてなんだか苦労してそうな口振りだったし。

「いつかはうちを継いでもらう。だから今回も研修としてこっちに勤めさせたんだが……今のままじゃ、人は付いてこんだろうな」

さすが父親……というより、経営者だからか。

自分の息子の現状から、会社の未来をしっかりと予測しているようだ。

今のままではダメ。

だからこそ、変えるつもりで息子を日本に呼んだのだろうか。

社長として、次期経営者のことを考えて。

確かに、どれだけ識嶋さんが有能で仕事はできても、関わり方があの状態では、周囲がただ疲弊するばかりだ。

しかも彼の特別な立場ゆえ、注意してきた人も少ないだろうし……。

「だから、美織ちゃんに賭けてみようと思ったんだ」

ああ、なるほど。だから私に……って。

「え？」

考えながら聞いたものだからうっかり納得しかけたけど、ちょっと待って。

社長がギャンブル的なお話をしていて、しかもそこに私の存在が入ってるんですが。

「君ならアイツを変えてくれるんじゃないかとな」

い……いやいやいやいやいやいやいや！

私が識嶋さんを変える⁉

なんて分の悪いギャンブル！

「そんな、私は別に友達作りが得意とかうまいとか、とにかく期待されるような人間ではないですから！」

まさか居候を勧めた裏に、そんな狙いがあっただなんて。

驚愕しながら無理ですと首だけでなく両手も振ってアピールすると、社長は何故かニコニコと微笑む。

そして。

「これでも人を見る目はあるんでね」

自信満々に声に出したのだった。

「帰りましたー」

居候先に帰った時、私はいつもただいまとは言わない。

なんせほとんどタダで生活させてもらっているのだ。

家賃を支払わずして、ただいまだなんておこがましいと思ってのことだった。

私の部屋に向かうためにはリビングルームを通らなければならないのだけど、廊下を抜けてリビングルームに入った時だ。

「ああ、お前か」

リビングからつながるダイニングに立っていた識嶋さんを見て、私は目を見張った。

お風呂から上がったばかりなんだろう。

彼は上半身裸だったのだ。

普段は隠れている逞《たくま》しい胸板に、彼が男性であることを嫌でも意識してしまう。

しなやかな指がまだ少し濡れている髪をかき上げて。

その色気のある仕草に不覚にも心臓が高鳴った。

「ジロジロ見るな。用があるなら簡潔に言え」

うっかり見つめかけていた私に、鬱陶《うっとう》しげに言い放った識嶋さん。

「ありません！　でも少しは人の目や気持ちを意識したほうがいいですよ！」

肩からかけていたレザー製のトートバッグを手にもち直し、私は逃げるように自分の部屋に向かう。

部屋の電気をつけ、少し乱暴気味に扉を閉めて。

トートバッグをベッドに置くと、いつの間にか火照《ほて》っていた頬の熱を冷やしに広々としたバルコニーへと出た。

ハウスキーパーの村瀬さんが育てている植物のプランターが並ぶ中、少し強い風に当たりながら思う。

やっぱり識嶋さんを変えるなんて私にはできそうもないと。

そもそも性格的に相容れないような気がするし、彼を変えるなんて微塵《みじん》も想像がつかないのだ。

夜空を見上げれば、白く丸い月。

星は静かに瞬き、いまだ心臓が落ち着かない私を見下ろしていた。

もっと知りたい

どんな時でも彼はブレない。

家の中でも冷静沈着で、横柄で。

そしてそれは社内でも残念なことに発揮されていた。

「二番煎じはいらない」

今日も、会議室で別のプランナーが提案したプランをオブラートに包むことなく不要だと言い放ったところだ。

自分のプランを否定されたプランナーはフリーランスの大島《おおしま》俊彦《としひこ》さんという。

大島さんは眉間にシワを寄せ、なにが気に入らないのかと識嶋さんに詰め寄った。

彼は勝気な性格で、局内でもたびたびバトルしている場面に遭遇する。

実は、今日の打ち合わせでもしかしたら識嶋さんとひと悶着《もんちゃく》あるのではと心配していたのだが……。

「全てだ」

不安は的中してしまった。

大島さんは怒りを露《あら》わにし、自分の絵コンテを識嶋さんに突きつけるようにして見せる。

「僕は僕なりのこだわりとアイデアを」

「こだわり？　これは他社の飲料水のＣＭにそっくりなんだが」

識嶋さんが声にした途端、大島さんは目線を彷徨《さまよ》わせ始めた。

「真似るならもっと工夫し超えるものを作ってくれないか。まさかそれすらしていないとはな」

淡々とした口調で識嶋さんが言う。

プライドを傷つけられたのか大島さんは両手で机を叩いて、椅子を倒す勢いで立ち上がり。

「ちゃんと僕のアイデアも入れてます！」

アイデアを盗んでいたことをうっかり白状した。

多分バラすつもりは本人にはなかったんだろう。

失態を演じたことに気づいた大島さんは、しまったと言いたげな表情のまま固まって動かなくなった。

……正直、大島さんの提案するプランはいつも真新しさがないとは思っていた。

いや、私も常に人を驚かせるようなものを練れているわけではないけれど、それでもやはり、見た人がなにかを感じてくれるような〝ただひとつのもの〟を、という信念がある。

だから大島さんが、誰かが一生懸命作ったものをベースにプランニングしているのはとても残念なことだった。

「プランナーなら自分のアイデアで勝負できないのか。できないのであれば今すぐ辞めたほうがいいな」

歯に衣着せない指摘に大島さんはだまったまま、とうとう席を外して会議室から出て行ってしまう。

止める人も、追いかける人もいない。

ここにいる誰もがなにも言わないのは、識嶋さんの指摘が正しいからだろう。

私も、間違っているとは思っていないけれど。

彼の態度は、結果的に会社に利益をもたらしても、人心は得られないものだ。

容赦ない指摘をする識嶋さんに気疲れしたのか、体にだるさを覚えながら、私は小さくため息を吐いた。

ゲストルームに備え付けのバスルームは、いつも村瀬さんが掃除してくれている。彼女が不在の土日だけは自分で掃除しているけれど、今日は金曜日。

蛇口を捻るだけでいいというのは、会社帰りの疲れた体にはとてもありがたかった。

疲労が回復するようにと、ゆっくりと湯に浸かる。

のぼせないうちにとお風呂から上がり、ドライヤーで髪を乾かした私は、冷蔵庫にしまってあるミネラルウォーターを取りに行こうとキッチンへと向かった。

その道すがら思い出すのは、昼間の打ち合わせのことだ。

結局あの後、大島さんは戻ってこなかった。

それどころか会社を早退してしまっていて、このまま会社に来なくなるのではと相馬先輩が危惧していた。

まあ、フリーランスの立場だからシキシマでの仕事だけにこだわる必要はないけれど、何度か一緒に仕事しているから、なんとなくこのまま会わなくなるのは……。

「後味悪いものだよね」

ついもらした独り言。

誰も応えるはずのなかった言葉に「なにがだ」と声がして、私は驚き肩を震わせた。

識嶋さんがリビングのソファーで静かに寛《くつろ》いでいたのだ。

なんでもありません。

そう言って終わらせることはできたのだけど、心配する社長の姿を思い出してしまって。

「あの、もう少し柔らかい言い方をしたほうがいいですよ」

うっかり忠告してしまう。

識嶋さんは大島さんのことだと理解したらしく、「打ち合わせの時か？」と言いながら海外の雑誌に視線を戻した。

「ハッキリ言うべきだ。また繰り返されても迷惑だろ」

冷静に返されて、私は気づかれないようにと息を吐いた。

そう、なんだけど。

間違ってはいないんだけど。

「でも、受け取る側のことも考えるべきです。広告と同じで、乱暴なものは衝撃を与え記憶には残るけど、心には不快なものとして残ってしまう」

相手の感情を気にしてばかりいる必要はないけれど、心を汲むことは必要だ。

大島さんへの指摘も、もっとやり方があったはず。

識嶋さんは私の言葉をちゃんと聞いているのかいないのか。

だまり込んだまま雑誌に視線を落とし続けている。

「……すみません、生意気言って」

あまりしつこくしてもよくないしと、話を終わらせる為に頭を下げ、ペットボトルを手に退散しようとした瞬間。

――ぐらりと、視界が回るような感覚に襲われて。

バランスを崩し、ペットボトルが手から滑り落ち床に転がる。

その音に識嶋さんが顔を上げてこちらを見て、ほんの少し眉を寄せると「具合が悪いのか?」と尋ねた。

「少し疲れてるのと寝不足なだけです」

昨日はストーカーのメールがしつこく深夜まで続き、ようやく眠りにつけたかと思えばうなされて目覚める、というのを繰り返していた。

明日は会社も休みだし、今夜はスマホの電源を落として寝よう。

疲れとだるさを取らなくちゃ。

「確か、お前は今六本ほど受けているんだったか」

「あ……はい」

……驚いた。

私が現在受けている仕事の数を把握していたなんて。

まさか、他のプランナーのも知ってるのかな。

落としたペットボトルを拾いながら考えていると——。

「無理して体調を崩すくらいなら今後は少し減らせ。俺のことにかまってないで自分の体を気にしろ」

ごもっともなひと言が飛んできた。

正論すぎて反論できない。

自分のことを疎《おろそ》かにして人に意見するなんて、ホント何様なんだろう、私。

「早く休め。月曜に響くぞ」

忠告され、私はおやすみなさいと挨拶してからおとなしく部屋に戻った。

倒れ込むようにベッドに沈むと、だるさが増したように感じる。

もしかして風邪、引いたのかな。

だとしたら悪化させるわけにはいかない。

薬は……ああ、そうか。家に置いてきたままだ。

しまったと後悔しても、今の時間では薬局の閉店前に、ギリギリ間に合うかどうか。

明日の朝買いに行こうと決め、ペットボトルを手にしたまま目を閉じる。

その途端、急速に訪れる睡魔。

私はそれに逆らわず、思うままに身を委ね、眠りの波間を漂ったのだった。

――息苦しさに耐えかねて目を覚ましたのは、どれくらい時間が経ってからだろう。

カーテンの向こうにはまだ光はなく、夜中であろうことは理解できた。

けれど、時計を確認するということにまで頭が回らない。

それほどに、私は朦朧《もうろう》としていた。

どうやら熱が出てしまったらしい。しかも、かなり高いようだ。

力の入らない手足を必死に動かし、どうにかベッドから起き上がると、ベッドに転がっていたミネラルウォーターに口をつける。

そして、喉を鳴らしながら一気に飲み干すと、再び呼吸を荒くしてベッドに体を預けた。

……このまま寝てはダメだ。

水分だけは枕もとに置いて補給しないと。

思い直し、せっかく横にした体をまたがんばって起こす。

肩で息をしながら立ち上がり、ふらつく足で薄暗い廊下に出た。

視界が定まらず、壁に手をつきながらゆっくりと前に進む。

いつもより長く感じる廊下を歩き、ようやくたどり着いたキッチンに入ると、熱い息を吐きながら冷蔵庫をあけた。

庫内から流れ出すひんやりとした空気が気持ちいい。

火照《ほて》った手を伸ばし、新しいミネラルウォーターを掴むと、ゆっくりと踵を返す。

そして、体を揺らしながら部屋に戻ろうとした時だった。

モノトーン調のダイニングテーブルとお揃いの高級感あふれる椅子に私の体がぶつかってしまい、夜中だというのに大きな音を立ててしまった。

識嶋さんの部屋はリビングの向こうだ。

眠りの浅い人だったら起きてしまうような音だった為、申し訳ないと思いつつ椅子の位置を直して、また壁伝いに部屋へ戻ろうとした直後。

「夜中になにを騒いでる」

寝起きであろう、識嶋さんの気だるげな声が聞こえてきた。

「すみま、せん。ぶつかってしまって……」

熱のせいで呼吸が落ち着かずうまく話せない。

それでもどうにか簡潔に説明すれば。

「熱が出たのか」

私の様子に感づいたのか、当てられて。

私は壁に寄りかかると小さくうなずいた。

「でも大丈夫です……寝れば下がりますから」

言い終えたのが先か、私の足が床から離れたのが先か。

気づけば私は、荷物を担ぐかのごとく、識嶋さんに抱きかかえられていた。

この体勢では識嶋さんの後ろ姿しか見えないけれど、彼は私のベッドのある部屋に向かっていた。

ふらふらの私を見るに見かねて、ということだろうか。

そのやさしさはとてもありがたいのだけれど、こんな朦朧とした状態でも働くのは乙女心。

「し、識嶋さん、重いですから……降ろしてください。歩けます」

そして、風邪だったらうつしてしまうからという言葉は、先に発せられた識嶋さんの声で音になることはなかった。

「まともに歩けてないだろ。だまっていろ」

怒気はないけれど、有無を言わせないような言い方に、私はだまるしかなくなってしまう。

部屋に到着すると律儀に「入るぞ」と断った識嶋さんは、私をベッドの上に降ろすと待っているように言って廊下に出て行った。

熱い息を繰り返し吐きつつぼんやりとベッドに座っていると、識嶋さんが手に体温計と氷枕をもって現れた。

「測っておけ。薬を探してくる」

そう言って、彼はまた廊下へと消えていく。

……意外と面倒見いいんだな、なんて、動きの鈍い頭で考えながら体温計を脇に挟むと、氷枕に頭を乗せた。

熱をもつ頭の奥のほうにジーンと冷たさが伝わって心地がいい。

さっきから感じている体の節々の痛みは、私の体がウイルスと闘っている証拠だ。

がんばれ、私の体。

自分で自分を鼓舞した一分後、四十度という体温を見て早々にへこたれた私。

識嶋さんがもってきてくれた風邪薬を飲んだ私は、早く下がりますようにと祈りながら、全身の倦怠感に引きずり込まれるように眠りについたのだった。

気がつけば朝を迎えていて、私は重いまぶたを開く。

体はまだだるく、力の入らない手で昨夜枕もとに置いたままにしていた体温計を取った。

数分の後、小さく鳴った電信音。

液晶に表示された数字はまだ三十九度を示している。

さすがに一晩では下がらないかと少し残念な気持ちになっていると、ノックの音が部屋に響いた。

昨晩よりは多少マシになった体を起こして「はい」と答えると、扉が開いて識嶋さんが入ってくる。

白いシャツにライトグレーのカーディガンを羽織った休日スタイルの彼の手には、ブラックのスタイリッシュなトレイ。

その上には小さめの土鍋とグラスが乗っていて……。

「これ、食べられるか」

おずおずと、ベッドサイドテーブルにトレイを置いた。

土鍋の蓋をもち上げると、熱々の湯気と共に現れたのは梅干しと昆布が添えられた白いおかゆ。

「これ……識嶋さんが？」

村瀬さんは休みだし、レトルトのように見えなかったので尋ねると、彼はこっちを見るなとばかりに顔を背けて「不服か」とどこか拗《す》ねたように口にした。

「い、いえ。とんでもないです。うれしいです」

またひとつ、新しい識嶋さんを知れて。

しかもそれが心をあたたかくしてくれるような、思わず頬を緩めてしまうもので。

彼の気遣いに、気持ちが明るくなっていくのを感じながら、私はいただきますと手を合わせて、レンゲを手に取る。

そして、白いおかゆを掬《すく》うと、識嶋さんが「ちなみに」と声を発した。

「孝太郎に聞いて言われたとおりに作ったから、気に入らないならアイツに文句を言えよ」

おいしくなかったら俺のせいじゃないと言いたいのだろう。

いつもは強気なのにこんなところで逃げ腰になる彼がおかしくて、私はつい笑みを浮かべてしまった。

すると彼は私の態度が気に入らなかったのか、腕を組むと再び顔を背けてしまう。

私は苦笑いし、レンゲに乗ったおかゆに息を吹きかけて少し冷ました。

正直、熱のせいで味はよくわからないけど、気持ちがうれしくて私は識嶋さんに「おいしい」と伝えた。

その瞬間、彼は眉を上げ表情を明るく崩して。

「そうか」

うれしそうにしたのも束の間。

咳払いをし背筋を伸ばしていつものクールな識嶋さんの顔を作った。

「当たり前だろう。俺が作ったんだからな」

これ以上拗ねたり怒らせたりはさせたくないとは思いつつ、でも我慢ができなくて。

私は許してくださいと心の中でつぶやきつつも「ふふっ」と声に出して笑った。

「笑うな」

文句を言いながら私を睨む彼の耳が少し赤い。

そのことに触れれば絶対に機嫌が悪くなるので、私はごめんなさいと謝ってまたおかゆを口にした。

それを見た識嶋さんは、後で食器を取りに来ると言い残し部屋を出て行く。

彼の作ってくれたおかゆ。

もったいなくてがんばって何口か食べたけど、半分も食べることができず、申し訳ないと思いながらも薬を飲んでからまた横になった。
そうすれば、すぐに訪れる眠気。
私はそれに逆らうことなく瞳を閉じた。

——そこには、なにもなかった。
ただ、闇が広がっていて足もとも真っ暗で、自分の存在だけがあった。
音すらなく、一片の光も見えず。
不安だけが募る空間で、私はそっと手を伸ばす。
上なのか下なのかもわからない方向へと。
伸ばした自分の手はやけに青白く見えて、まるで死人のようだと思った。
途端、頭の中に浮かんだひとつの懸念。
私は生きているのか。
まさか死んでしまったのか。
いつ、どこで、なにがあって?
その疑問に答えたのは、脳内に響く、どこかで聞いたことのあるような声。
『つかまえた』

それは、低く、ねっとりとした、嫌悪感しか感じられないものだった。

「――っ！」

声にならない声を発して、私の意識は一気に浮上し目を覚ました。

いつの間にか呼吸を止めていたのか、私は空気を求め荒い呼吸を繰り返す。

辺りは陽の光に照らされて明るく、ここが現実なのだと安心させてくれた。

夢でよかったと安堵した時、額になにかが乗っていることに気づく。

掛け布団の中に入っていた手を出して触れてみれば、それは濡れたタオルだった。

識嶋さんが冷やしてくれたのだろうかと、カーテンの隙間から差す光の方へ視線を向ければ。

「……えっ……」

驚いて、私は目を見張った。

もしかして、私はまだ夢の中にいるのだろうか。

そう疑ってしまうのは、私の寝ているベッドの横で、識嶋さんが椅子に座りながら眠っているからだ。

彼は細身のジーンズ姿で長い足を組み、ベッドサイドテーブルで頬杖をつきながら緩やかに肩を上下させている。

陽に照らされた長いまつげは微動だにせず、彼が深い眠りの中にいることを語っていた。

……寝ている姿なんて初めて見たけど、寝顔までイケメンとかずるいな……じゃなくて！

心配して、様子を見ていてくれたのだろうか。

だとしたらありがたいけど、寝顔を見られていたのだと思うと少し恥ずかしい。

いや、そんなことよりも。

「識嶋さん」

私は彼の名を呼ぶ。

そうすれば、識嶋さんはわずかに眉根を寄せ、ゆっくりとまぶたを開いた。

「……ああ、起きたのか。熱は？」

「さっきよりも下がった感じがします。それより、付いていてくださってありがとうございます」

「別に。ただ、倒れられても困るし、仕事にも支障が出るからな」

仕事を理由にされたけど、それだけじゃないのはもうわかっているから、頭にはこない。

だから私も彼に心配だと告げる。

長くそばにいては風邪がうつってしまうと。

すると識嶋さんは、立ち上がって。

「弱ってる者を放っておくことはクズのやることだろ」

それだけ言い残して、部屋を出て行った。

まあ……確かに、居候をさせている人間が高熱を出しているのに見ないフリをするのは人としてどうかなと思う。

でも、おかゆを作り、そばにいてくれるのは、識嶋さんがやさしいからだ。

このやさしさを、不器用なりにも会社でどんどん出してくれれば、もっと皆と打ち解けられるのに。

だって今、私は、こんな識嶋さんなら嫌いじゃないと思っているから。

「……汗、かいちゃったな」

識嶋さんのおかげか、高熱のだるさはあまり感じない。

今のうちにシャワーで汗を流して来ようと、私は十数時間ぶりにベッドから降りた。

「はぁ、さっぱりした」

カジュアルなルームウェアを纏い、バスルームから出る。

まだ微熱はあるけれど、少しよくなっているし、もう一度識嶋さんにお礼を言っておこう。

そう決めると、私はまだ乾ききっていない髪をそのままにタオルを肩からかけてリビングへと入った。

けれどそこに識嶋さんの姿はなく、自室にいるのかと彼の部屋の扉をノックしてみるも反応はない。

出かけてしまったのだろうと結論付けて、私は上質な革のソファーに腰を下ろして頭ごと背を預ける。

リビングに連なる大きな窓枠に切り取られた空の色は抜けるように青い。

こんな日に外に出られないなんてもったいないけれど、今は体調を元に戻すことが先決。

まだわずかに残るだるさを感じ、座り心地のよさに導かれるように目を閉じた。

ここで眠れば嫌な夢は見ないだろうか。

あんな身震いしてしまう夢は二度と見たくない。

『少しだけ』

少しここで眠ったらベッドへ移動しよう。

頭の片隅で考えながら、私はまたゆっくりと夢の世界の入り口に向かう。

現実と夢の境界線が曖昧になり思考が溶けていく中、物音が聞こえたような気がした。でも、それが現実なのかはわからずただ受け止めていたら――。

「悪化するぞ」

そんな声と同時、私の頭が緩く左右に揺さぶられて。

「へっ？」

何事かと目をあける。

すると、私の頭上に識嶋さんが立って見下ろしていた。

しかも彼の両手は私の頭に添えられていて。

どうやらタオルで髪を乾かしてくれているようだ。

慌てて体を起こすと、そのまま識嶋さんは私から離れてダイニングテーブルの上を指差す。

「あれ、食べたかったら食べろ」

それだけ言って、彼は早々に自室に姿を消した。

〝あれ〟の正体がわからず、私は立ち上がるとテーブルに近づいた。

テーブルの上に置かれている紙袋。

それは、私が好きなドーナツ屋さんのものだった。

病み上がり……というか、まだ病んでいる最中にドーナツですかと突っ込みたくなりつつも、私の好きなものを買ってきてくれたその気持ちがうれしいから。

だから、素直に思った。

こんな風に、ひとつ、またひとつと、厳しいだけじゃない識嶋さんを、もっと知りたいな……と。

第二章

友達

興味の幅を広げるのはいいことだと思う。

特に、クリエイティブな仕事をしている場合、それは武器となる。

もちろん、好きなことをとことん掘り下げてそのエキスパートになるのもいい。

恋愛も似たようなところがあるように思う。たくさんの人と恋をし楽しむ人もいれば、一途にひとりだけをずっと想い続けていく人もいる。

私は仕事に関しては前者の考えだけど、恋愛となれば後者のタイプだ。

だから、軽い恋愛ばかり繰り返す人の気持ちは理解できない。

そんな人と恋愛をしたいとも思わないし、好きになったこともない。

私が好きになるタイプは誠実でまじめなタイプが多かった。多かったと言っても、人数は片手で足りる程度だけれど。

仕事にも一生懸命な人がいい。

尊敬できるというのも重要だ。

その点で言えば、現在、出社した私の目の前のソファーで爆睡している相馬先輩も好みのタイプではある。

でも今のところときめいたことはないので、私の中で相馬先輩は恋に落ちるにはなにかが足りない人……なのだろうか？

……と、朝からこんな思考になっているのは今請け負っている仕事のせいだ。

大手デパートの広告を〝恋を着る〟というテーマで考えているのだ。

今日もストーリーを練らなければと一日のスケジュールを頭で描きながら、私は淹れてきたコーヒーをソファー横のコーヒーテーブルに置いた。

「先輩、時間大丈夫ですか？」

今日の予定では、相馬先輩はクライアントとの打ち合わせがあるはずだ。

声をかけると、ソファーで自分の腕を枕にしている先輩のまぶたが震えた。

「んー……ああ、高梨か」

「おはようございます。コーヒーどうぞ」

コーヒーテーブルを指差すと、先輩は「ありがとう」と寝起きの掠《かす》れ声で言ってからプラスチックのカップに口をつける。

と、その直後、先輩がくしゃみをひとつして鼻をすすった。

「風邪ですか？」

昨日までの自分を思い出し、まさかうつしてしまっていたのかと心配になる。

先輩は「どうかな」と気にした様子もなく答えてから、突然目を見開いて私を見た。

「風邪といえば、一昨日アイツに聞かれたんだよ。おかゆの作り方」

アイツ、とは誰を指しているのか、本来なら聞くべきところなんだけど、私には充分心当たりがあった。

けれど、名指しされていない状態でどう反応していいのか困っていると、相馬先輩はなにやら楽し気に「女か」と予想し始める。

もしも先輩の言う相手が識嶋さんだとしたら、相手は確かに女です。

ただし、恋愛感情はいっさいなしの居候女ですけど。

そんなこととは知る由もない相馬先輩はコーヒーを飲みながら「今度の女は何日持つか」などとこぼした。

……それ、識嶋さんの態度に疲れてすぐ別れてしまうってことですか。

なんとなく予想できてしまって思わず苦笑い。

「いいところが伝わりにくい人ですしね」

「そうだな。距離の詰め方や関わり方さえ知れば悪いヤツじゃ――」

そこまで話して、相馬先輩が「ん?」と首をかしげて私を見た。

「誰の話してるんだ？」

問われて私は自分がうっかり口を滑らしたことに気づいた。

「あ、あれ？　誰ですかね。あ、いけない、仕事仕事」

変に勘繰られては面倒だと思い、私は上ずった声でごまかしながら相馬先輩から逃げ、自分のデスクに向かう。

背後から先輩の視線をヒシヒシと感じつつ、それには気づかないフリをして——。


東京本社のビル内には、各階にカフェコーナーと呼ばれるスペースがある。

カジュアル感のあるおしゃれなレイアウトで、社員のリラックスする場所にもなっている。

コーヒーメーカーにエスプレッソマシーンも完備。

仕事の合間に一息つくにはなかなかにいい場所で、アイデアが浮かばない時はここに来ることも多い。

今も、三十秒という限られた時間の中で展開するストーリー案につまずき、疲れた頭を一度リセットしようとエスプレッソマシーンのスイッチを押したところだ。

このマシーンではカプチーノも作れる。

カプチーノのボタンを押し、まずはカップにゆっくりとエスプレッソが注がれていくのを見ていたら、識嶋さんが入ってきた。

「調子はどうだ」

「少し行き詰まってしまって」

答えると、識嶋さんは違うと首を振ってプラスチックのカップを手に取る。

「体調のほうだ」

「あっ、そっち！　おかげさまでもう元気です」

他の人が入ってきたらまずいと思い、小声で「看病、本当にありがとうございました」と頭を下げた。

「村瀬さんがいないからな。仕方ない」

「仕方なくでもとても助かりました。今度、私にもできることがあれば言ってくださいね」

お礼にもならないかもしれないけど、と付け加えると、識嶋さんは「仕事で返してくれればいい」とコーヒーを淹れながら言った。

識嶋さんらしい答えなんだけど、仕事は当たり前なのでやっぱりなにか別のことでお礼ができたらなと考えた、その直後。

どこから入ってきたのか。

「ひゃっ!?」

なんとカナブンがパンプスを履いた私の足の甲に乗ったのだ。

虫が大の苦手な私は驚き、とっさに隣にいた識嶋さんに助けを求める。

「とととととと！　とって！　足！」

「は？」

しまった、伝わらない！

というより、足を激しく振ってもどうして私の足についたままなの、カナブン！

「虫です！　足です！」

焦りすぎて変な言い方になったけれど、識嶋さんは理解してくれたようで私の足もとに視線を落とし「ああ、これか」とつぶやく。

その瞬間、カナブンは身の危険を察知したのかブーンという羽音を立ててどこかへ飛び立っていった。

「よ、よかった……」

自分ではどうにもできないし、勢いで識嶋さんにお願いしたものの、よく考えたらそれくらい自分でどうにかしろなんて言われ、さらにテンパる事態になっていたかもしれない。

足に止まられた感覚を思い出すと肌がゾワッと粟立つけど、とりあえずは結果オーライ……。

「おい」

「はい」

思考を遮《さえぎ》る識嶋さんの声に私は顔を上げて彼を見る。

……ん？　顔を上げて……って！

「近っ！」

叫びながら自分の手もとを確認してみれば、なんということ。

私の手は識嶋さんの高級スーツのフロントダーツ部分をわし掴みにしているじゃないですか！

しかも、なんかこれ、客観的に見たら私から識嶋さんの腕の中に飛び込んでるみたいに見えちゃうのでは――。

「なっ、お前らそういう関係かっ⁉」

ああーっ！

心配した矢先、クライアントとのアポイントから戻ってきたらしき相馬先輩に見られたー！

しかもやっぱり誤解されてる！

重ねて相馬先輩の場合は朝のおかゆの一件もあり、識嶋さんと私のことでなにか感づかれる可能性もある。

私は急いで識嶋さんを突き飛ばし離れると、大きく首を横に振った。

「違うから！　虫がいたんです！」

「おい、自分から抱き付いたくせに突き飛ばすな」

「さらに誤解を招く言い方しないでください！」

むしろだまっててと心の中で叫んでも、相馬先輩は既に完全に誤解しているようで。

「そうか。おかゆの相手は高梨か！」

「先輩聞いて！」

もうなにをどう説明したらいいのやら。

識嶋さんとの約束の件もあってうまく弁解もできない私は、この後ひたすら誤解であることを伝え続け、どうにか納得してもらった時にはどっと疲れて休憩どころではなくなっていた。

当然、その後の私の仕事も捗《はかど》らなかったのは語るまでもない。

「えっ？　スーパーに入ったことないんですか？」

目を丸くし、思わず識嶋さんを凝視する。

土曜の夕刻前。

今日は村瀬さんがいないから外食に行ってくると話した識嶋さんに、じゃあ看病のお礼に今日は私が作りますと提案したのは、二十分ほど前のこと。

材料調達に出ると伝えたら、識嶋さんが愛車のポルシェを出してくれて。

訪れた近場のスーパーマーケットの地下駐車場に到着し、車から降りた時。

「そういえば、こういう店の中に入るのは初めてだな」

キーをロックしながら漏らされた言葉に私が驚くのは、至って普通の反応だと思う。

どうやら彼は本当に初めて入店したようで、物珍しそうに店内を眺めていた。

御曹司ともなると、ちょっとスーパーにお買い物、なんて生活は送らないらしい。

それとも識嶋さんが特別過ぎるだけなのか。

でも、おかゆを作ってくれたりドーナツを買ってくれたりと、御曹司のイメージではないこともしてくれた。

つまり、識嶋さんは識嶋さんということだ。

御曹司だからとか、先入観をもって変に線引きするのはやめよう。

心に決め、今日の食材を買い物カゴに入れていく。

村瀬さんのお料理には敵わないけれど、煮込みハンバーグなら得意なので、今日はそれを作るつもりだ。

ここに来る車中の識嶋さんの話によると、彼は母親の手料理をもう何年も食べていないらしい。

もともと料理が得意ではないそうで、再婚してからはお抱えのコックさんに任せっきりなのだと話してくれた。

自分が支払うと言う識嶋さんに、これはお礼ですからと丁重にお断りし、必要なものを全て購入し、再び識嶋さんの愛車に乗り込む。

というか、このポルシェ、すごく高価なものだと思う。

前にテレビの高級車ランキングで見たことがあるし、仕事で車の資料を集めつつ一生縁がないとこぼしながら眺めていたこともある。

識嶋さんがアクセルを踏み込み地下駐車場から出ると、街並みを夕日が眩しく照らしていた。

それにしても……行きもそうだったけど、識嶋さんの車にふたりきりというこの状況はやっぱりちょっと緊張する。

行きの時は料理の話でどうにか持った。でもしつこく同じ話題はつまらないし……。

あ、そういえば、さっきはさりげなく話してたけど、識嶋さんのお母さんは社長とは再婚なんだよね。

もしかして……もしかすると、だけど。

識嶋さんと社長って、血のつながりが……ない？

正直気になるけど、友達でも恋人でもない私が立ち入っていい軽い話題じゃないし。

いや、一応恋人の設定はもらっているけど、臨時の時のみの疑似恋愛だからやっぱり踏み込んではいけないわけで。

チラリと運転する識嶋さんの様子をうかがえば、彼は私の視線に気づいてしまったようで「なんだ」とやや不機嫌そうな声を発した。

ここでなんでもないと言えば、じゃあなんで見てたんだ？　と責めらせそうなので、脳をフル回転させて話題を絞り出す。

「し、識嶋さんって、子供の頃は夢とかもってました？」

や……やってしまった！

再婚の話が頭にインプットされてたせいで、ギリギリの話題を振ってしまった！

でも、今さらなかったことにはできないわけで。

とりあえず自分の子供の頃からの夢を語ってみることに。

「私は、いつか満天の星を見るのが夢なんです」

「いつでも見にいけるだろ」

識嶋さんの言葉はごもっともだけど、そうではないんだと私は頭を振った。

「私の祖母が若い頃、祖父にプロポーズされたのが満天の星の下だったそうなんです。それを聞いて、子供心ながらに私もいつか大切な人ができたら一緒に見にいきたいなって思って」

本当に大切な、結婚をしたいと思える人と一緒に。

それは大きな夢ではないけれど、小さな頃からずっと胸にあるささやかな夢だ。

「俺はもう夢なんて忘れたな」

「そうなんですか？」

「いろいろあった気はするが、今は会社のことだけを考えている。結婚も、父と会社の為にするだけだ」

今回の縁談は断るが、と付け加え、識嶋さんはハンドルをゆっくりと左にきった。

そうすれば、前方に見慣れたタワーマンションが姿を現して。

「それでいいんですか？」

自分の意志がない、想いがない結婚なんて。

そんな寂しい結婚、私ならしたくない。

私の問いかけに、識嶋さんは少しだけ間を置いて。

「そうすべきだ」

赤に変わった信号を見つめながら、静かに言った。

……この人は諦めてきたんだろう。

会社の為に、自分を犠牲にしてきた。

本当に、まっすぐすぎて不器用なんだ。

「頭デッカチはよくないですよ」

信号が青になって、識嶋さんは「誰が頭デッカチだ」と反論しながらアクセルを踏むと、マンションの駐車場へと入っていった。


食材の入った紙袋を手に帰宅した私たちは、早速夕飯の準備に取りかかる。

と言っても、料理は私だけがしていて、識嶋さんはリビングのテーブルでノートパソコンを開き、仕事を始めていた。

……なんかこの光景って、ちょっと同棲してる恋人みたいだな……って、なに考えてるの私！

違う違う。そんなこと考えてる暇があったら、どうしたら識嶋さんがいい方向に変われるかを考えよう。

なにかいいきっかけはないかとハンバーグのタネを手でこねながら思案する。

相馬先輩に相談するのもありだろうか。

それか他にいい友達でもいれば……ああ、そういえば社長が識嶋さんは友達も少ないとか言って――。

と、そこまで考えて私は思い立った。

友達！

「それだ！」

目の奥を輝かせ、私は背筋をピンと伸ばす。

「どうした。頭でも打ったか」

私の声が大きかったのか、識嶋さんが怪訝《けげん》そうな顔で私を見ていたけれど、かまわず彼を振り返り、ひと言。

「識嶋さん、友達、いりません？」

尋ねてみた。

すると識嶋さんは困惑した様子で眉間にシワを寄せる。

「突然なんだ？　本当に頭打ったんじゃ」

「私、立候補します」

彼の話を無理矢理さえぎって、ハンバーグのタネを掌に乗せたまま挙手した。

「は？」

あ、口をあけて呆気《あっけ》にとられてる。

識嶋さんでもこんな顔するんだと、なんだか得した気持ちになりながら私はもう少しわかりやすく進言。

「識嶋さんの友達に、立候補です」

ようやく理解できたのか、識嶋さんはまだ多少動揺しているものの首を小さく横に振った。

「いや、俺にはそんなの必要は」

「いいものですよ、友達って」

「人の話を聞け！」

「嫌です」

「な、なんだと」

きっぱりと断った私に、彼はうろたえて固まった。

ダメなのだ。ここで私が折れては識嶋さんが嫌われてしまう。

本当はいいところもちゃんとあるのに、それがわかってもらえないままで人の心が離れていく。

それがどうしてか、私は嫌なんだ。

識嶋さんからしたら大きなお世話なのは百も承知。

それでも、きっかけがあれば変われる可能性があるのなら。

「あなたはひねくれて自分にまでウソをつくから聞けません」

私が少しでも彼に近い存在になってフォローする。

「なりましょうよ、友達」

私の言葉に視線を外し無言になってしまった識嶋さん。

あまりしつこくしてはいけないと、私はシンクで手を洗いながら、これが最後と思い伝える。

「会社ではさすがに無理でしょうけど、せめて、この家の中では」

ダメですか？

苦笑しつつ懇願すると、識嶋さんは小さく息を吐いて。

「……勝手にしろ」

まだ戸惑っているのか、視線を彷徨わせながらもパソコンへと向き直った。

少し強引だったかなと思うけれど、今はこれしかいいアイデアが思いつかないので
OKとし、私はまた掌でお肉の形を整えていく。

お手製のソースで煮込んで完成した今夜のディナーを識嶋さんは「悪くないな」と
遠回しに褒めてくれて。

上機嫌で部屋に戻った私はお風呂から上がると、風に当たりにバルコニーへと出た。

少し強めの風に乗って、どこか遠くから車のクラクションが短く鳴り響く。

その音に誘われるように手すりへと寄れば、眼下に広がる夜景。

街を彩るように光る建物や車の明かりが美しく輝き、私の心もまた、最初にここに
来た時とは比べ物にならないほど、明るいものになっていた。

識嶋さんに友達になろう、だなんて。

やっぱり人生、なにが起こるかわからないものだ。

嫌いじゃないよ

風が吹き、舞い上がる葉につられるように見上げた青い空には飛行機雲。

日曜日の昼時、私は夕飯の買い出しがてら、ウィンドウショッピングをしていた。

もうすぐ梅雨に入る時期。

どこのお店も夏を意識した商品が並んでいる。

爽やかな色合いが多い街中を人波を縫うように歩いていたら、見知った顔がこちらに向かってやってきた。

彼は私には気づかず、隣を歩く女性と会話をしていて。

彼女だろうか。

でも、彼女がいるという話を聞いたことがない私は、それなら見なかったことにするほうがいいのかと悩む。

けれど、意外にも私に気づいた彼のほうが気にした様子もなく声をかけてきた。

「高梨！　偶然だな」

「相馬先輩、こんにちは」

立ち止まり軽く会釈をすれば、爽やかなボーダー柄のシャツにカーディガンを肩にかけた先輩の隣に立つ、守ってあげたくなるような雰囲気のかわいらしい女性が私にキレイなお辞儀をした。

「はじめまして。西園寺《さいおんじ》優花《ゆうか》と申します」

ソプラノの透き通るような声で挨拶をされ、私は慌てて頭を下げる。

「高梨美織です、はじめまして。相馬先輩には会社でいつもお世話になってます」

顔を上げると、西園寺さんは黒目がちな瞳を細め、奥ゆかしさを感じさせる笑みを浮かべた。

「そうなんですね。孝太郎先輩は会社でも面倒見がいいんでしょうね」

薄桃色のしっとりとした唇でふふふと優雅に笑えば、相馬先輩は「面倒見てるつもりはないんだけどな」と肩をすくめて。

「あ、高梨、昼飯はもう食ったか？」

「え？　いえ、まだです」

「なら、俺らと一緒に食べないか？　で、この辺りのいい店知ってたら教えてくれ」

普段、会社でランチへ行くような気軽なノリで誘われた。

「いえいえ、さすがにデートの邪魔はできませんよ！」

馬に蹴られてはたまらないと、顔の前で両手を振って遠慮する。

と、ふたりは同時に両眉を上げてから顔を見合わせて笑った。

「え？　え？」

何故笑うのかわからずにふたりを交互に見ていると、相馬先輩が違う違うと笑いをこらえながら説明してくれる。

「西園寺は大学の後輩。買い物に来たらさっき偶然会ってさ、久しぶりだし、飯でも行こうかって話になったんだよ。でも、俺たちこの辺りの飯屋は詳しくないから悩んでたらお前に会ったってわけ」

「そうなんですよ。私は習い事の帰りなんです。孝太郎先輩とお会いするのはもう一年振りくらいです」

西園寺さんは口もとに手を添えて楽しそうに笑っていて、私はふたりに苦笑いを向けた。

「なんだ、私てっきりお邪魔しちゃ大変だと勘違いしてました」

そして、先輩のプライベートにずけずけと入り込んではいけないと変に気を張っていたせいか、いつの間にか固まっていた体の力が抜ける。

恋人でないならお昼をご一緒するのは全然問題ない。

でも、初対面でも大丈夫なのだろうか。西園寺さんに確認すると、彼女は嫌な顔ひとつせず「ぜひ」と言ってくれた。

それならばと、私はこの近くにあるステーキ屋さんに案内する。

ここはたまに私も友人とランチに訪れるお店で、上質な黒毛和牛をリーズナブルな値段で提供している人気店だ。

テレビでもたびたび紹介されていて、店内に入り席に着いてその話をしたら、どうやら相馬先輩も朧《おぼろ》げに記憶の中に残っていたらしく。

「確か無煙のロースターを使ってるんだろ？」

「そうです、それです！」

そこからはしばらくどこの焼肉店がおいしいだの、オススメだのという会話で盛り上がった。

西園寺さんもステーキは嫌いではないようで、彼女のオススメのお店も教えてくれた。

初対面のはずなんだけど、西園寺さんと私の年齢が同じという親近感もあってか、とてもいい雰囲気で食事を楽しんだ。

おいしいランチでお腹が満たされ、店を出る前にと相馬先輩がお手洗いに立つと、西園寺さんが「あの」と話しかけてくる。

そして、少し恥ずかしそうにしながら。

「高梨さん、よかったら私とお友達になってもらえませんか？」

うれしいお願いをしてくれた。

こんなかわいらしい女性から友達になってほしいと言われて、誰が嫌な気持ちになるだろうか。

私は笑顔でうなずき、ぜひ仲良くしてくださいと伝えると、早速携帯のメアドを交換する。

直後、相馬先輩が戻ってきて、私たちは会計を済ませると店を出た。

西園寺さんはこれからお迎えが来てくれるとかで、私と先輩は彼女と別れると駅に向かって歩きだす。

昼時を過ぎた街は人出も多くなり、賑やかさが増していて。

人にぶつからないように歩みを進めつつ、隣で歩調を合わせてくれている先輩を見上げた。

「相馬先輩ってお友達多いですよね」

「そうか？」

「そうですよ。しかも、あんなにかわいらしい子とか御曹司様とか、スペックの高いお友達が」

「あー、まあ、玲司はなんだかんだと気が合うからな。西園寺は大学が令嬢やら御曹司が多いとこだしな」

だから自然とな、と続けた相馬先輩は、家柄のいい人や著名人が名を連ねる大学出身。ということは、つまり、西園寺さんもどこかのご令嬢だったりする可能性が高いということなんだろう。

芸能人……ではないと思うけど、私が知らないだけだろうか。

まあ、いい関係が築ければかまわない。

例えば、識嶋さんのように根は悪い人じゃないのなら。

にしても、先輩は本当に識嶋さんと幼なじみなんだなぁ。

さっきも玲司なんて呼び捨てにしてたし。

「先輩はすごいですね」

「なにが」

「どんな相手でも気負いなく隣にいて仲良しというか」

「その相手ってのが玲司のことなら、アイツは、子供の頃から知ってるだけだから。

高梨も、社長の息子だとか抜きにして言いたいことを言ってみたらどうだ？」

……言いたいことを言えば返り討ちにあうのが容易に想像できるけど、識嶋さんの友達ならそれでも言うものなんだろうか。

私は「善処します」と曖昧に笑って、駅前で先輩と別れたのだった。

今日の夕飯はお好み焼きだ。

夕べ、識嶋さんとの食事中の会話で食べたことのないものはなにかと聞いたら、久しぶりに食べたいと思うものがあると言われて。

それが、お好み焼きだった。

子供の頃はよく食べていたそうで、私が作ってくれるというならそれがいい、と。

そして今、ダイニングテーブルにはホットプレートが置かれていて、鉄板にはもうすぐ焼き上がりそうなお好み焼きがふたつ並んでいる。

心なしか、向かいに座っている識嶋さんがそわそわしているように見えるのは気のせい――？

「まだ焼けないのか」

ではないらしい。

「あと一分待ってください」

大きなヘラをもち、私が答えると識嶋さんはおとなしくお好み焼きを見つめる。

うん、こういうところはかわいいなって思うんだよね。

普段そっけない人だから余計そう思うのかもしれないけど。

ようやく焼き上がり、ソースとおかか、マヨネーズに青のりと、識嶋さんに確認しながら乗せていく。

おいしそうな匂いがする真ん丸のお好み焼きをヘラで切り分けて識嶋さんのお皿に乗せると、彼はわずかにうれしそうにしながら箸を手にもった。

そして、一口食べると「うまいな」と言ってまた口に運んでいく。

満足そうな彼に続き、私もお好み焼きを頬張って。

二枚目を焼いて少しした頃、ふと識嶋さんの箸が止まる。

「……高梨」

「はい」

「その……昨日のは、本気か？」

昨日のとはと一瞬考えて、すぐに思い当たった。

「お友達、やっぱり嫌ですか？」

ふざけるなとか、やめてほしいとか。

そんな話をされるのかと落胆しかけた私の耳に届いたのは。

「俺は、多分お前の友人向きの性格ではないだろう」

どこか不安げな声。

「友人になっても互いの為になるとは思えない」

突き放す言葉の中に見え隠れするやさしさ。

彼はたぶん、自分の性格のせいで私が嫌な思いをするだろうと言いたいのだ。

つまり、理解してる。

自分の立場も、ふるまいも。

それならきっと、その心次第でいい方向に動くはず。

ならば、立候補した私の答えはひとつだ。

「もし腹が立ったら、そう言ってもいいですか？」

「……それは俺にか？」

「そうです。あなたの言葉や考え、態度がよくない時は、友人として」

それは別に反撃だとか、識嶋さんを傷つける目的ではない。

一度向き合うと決めたなら、友人であるなら、友人の間違いだって指摘してあげるべきだと思うから。

「大丈夫です。言いたいことが言える関係でいられるなら多少ぶつかったって。そんなことで簡単に友達関係の放棄もしません」

尊重しながらも、大事なことから目を背けない。

押し付けすぎず、見ないフリをしすぎず。

支えてあげたい。

不器用さとまじめさの中にやさしさを隠した、識嶋さんを。

「あ、焼けてますよ。おかわりどうぞ」

お好み焼きを切り分けて、ヘラから識嶋さんのお皿にうつす。

すると、彼はふいに表情を和らげ。

「変な女だな」

褒めているのか、けなしているのか、わからないことを言った後。

「でも、嫌いじゃないよ、お前のこと」

緩く目を閉じ、微笑む。

滅多に見られないであろうその穏やかな表情と、言われると想像もしなかった好意を含む言葉に、私の心臓は壊れそうなほど早鐘を打ち始めた。

笑えない状況

【この間は楽しかったですね。今度は私のオススメのお店に行きませんか？】

まるで好きな人にアプローチするようなメールをくれたのは、先日出会ったばかりの西園寺さんだ。

彼女からの初めてのメールに、私も楽しかったことと、ぜひ行きたいと返信する。

そしてスマホをトートバッグの中にしまうと、顔を上げて再び夜道を歩きだした。

耳を澄ませて背後を意識する。

ストーカーらしき人物に後を追われてからは、遅い時間の帰宅時はこうして警戒するようになっていた。

けれど、あれ以来幸いにも、つけられているような気配は感じていない。

最近メールも来なくなっているから、諦めてくれたのかもしれないと考えている。

ぜひ諦めていてほしい。

そうすれば私は心安らかに毎日を過ごせるのだから。

でも、そうなると識嶋さんの家にいる理由がなくな……って、理由ってなに！

まるで、理由があればまだお世話になりたいみたいじゃないの！

「最近ちょっとおかしいよ、私」

思わずひとりこぼしたところで、煌々《こうこう》とした電柱の光に照らされた長い影の気配を感じた。

近づいてみれば、影の正体が見知った人の姿だと気づく。

こちらを向いて電柱の隣に立っていた彼は、私にペコリと頭を下げた。

「高梨さん、お疲れさまです」

「内山君、お疲れさま。どうしたの？」

誰かと待ち合わせでもしてるのかと思ったけれど、どうやらそうではないらしい。

彼は肩にかけた黒い鞄から、小さめの手提げ袋を取り出して私に突き出した。

「どうぞ」

「……私に？」

「はい、そうです」

よくわからないながら、内山君の手から手提げ袋を受け取った私は、見ていいか確認してから手を入れた。

出てきたのは、有名ブランドのハンカチセット。

男女共に違和感なく使えるデザインで、クセも強くなく、私も好きなブランドだ。ビジネスにも使いやすいので、重宝している。

ただ、お値段がかわいらしくないので、あまり多くはもっていない。

でも、何故彼が誕生日でもない私にくれるのかわからず、戸惑っていると。

「こ、この前、コーヒーをかけてしまったので」

そのお詫びですと続け、彼はもじもじとうつむいた。

「気にしなくていいのに」

というか、私自身忘れていたことだ。

「いえ、高梨さんには、その……いつも、助けてもらったり、よくしてもらってるから、ぜひなにかしたくて」

特別になにかしてるつもりはなかったのだけど、彼が私のことを好意的に見てくれているのはなんとなく伝わってくる。

いい先輩でいられているのならうれしいと思いながら、私は「ありがとう」と笑顔で言った。

すると内山君は、瞳孔が開いたような瞳で私を見据える。

けれどそれも一瞬で、彼はすぐに破顔させ、再びお辞儀をしてから走り去った。

……今のはなんだったのか。

どことなく落ち着かない気持ちになりながらも、再度ヒールの音を鳴らして歩き始めた私の横に、今度は見たことのあるリムジンが停まった。

白いロールス・ロイス、識嶋さんの送迎用の車だ。

後部座席のウィンドウが下がり識嶋さんが顔を覗かせる。

「帰るなら乗っていけ」

帰宅先は同じ家。

断る理由はないし、なによりいつあの足音が……と不安になりながら帰らなくていいのはありがたい。

私は周りに知り合いがいないかを確認してから、運転手さんに促されて後部座席へとお邪魔する。そして、なにやら資料に目を通している識嶋さんの向かいに座ると、車がゆっくりと動きだした。

「乗せてもらってありがとうございます」

軽く頭を下げると、識嶋さんが資料から視線を上げて私を視界にとらえて。

「いや、ちょうど話したいことがあったからな」

そう話しながら、資料を黒いレザーのビジネスバッグにしまった。

「なんですか？」

「いよいよ縁談相手と会わないとならなくなった」

長い足を組み直して識嶋さんがハッキリと声にしたそれは、ついに私が協力する時が来たのだということものだ。

「正直なところ、家の為の縁談話なんて、私には理解しがたいです」

小さくつぶやくと、識嶋さんは伏し目がちに視線を足もとに落とす。

「まあ……母も、焦っているんだろう。父と血のつながらない息子に跡を継がせようとな」

静かに、けれどひっそりと寂しさを含ませた声色で、家の事情を明かした識嶋さん。

やっぱり、と思いながらも「血が、つながってないんですね」と確認すれば、彼は小さく首を縦に振って。

「父は気にしてはいないようだけどな」

他に息子もいないし、と続ける。

そうか、識嶋さんに兄弟はいないのか。

それでも焦るのは、早く確実なものにしてしまいたいからなのか。

いまいち識嶋さんのお母様の真意を測れずに首をかしげていたら。

「前に、夢の話をしていたよな」

突然、少し前の話題を出されてうなずく。

すると識嶋さんは車外に流れる夜の街並みを見つめながら――。

「俺には夢じゃないが、目標がある」

薄く、どこか色気のある唇を動かす。

「恩返しがしたいんだ」

父に、と最後に締め括るように言葉にした彼の瞳の奥には、強い信念のようなものが見えた。

「いい家柄の相手との結婚は恩返しにはならないんですか？」

音楽もなにもない。

走行音だけが聞こえる車内で、私は少し遠慮がちな声で問いかけてみた。

すると識嶋さんは頭を振って即答する。

「ならない。父は今回の縁談にはあまりこだわりがない。こだわっているのは母だ。とりあえず会ってくるが、恋人がいるとは伝える。いいな？」

確認を取ってくるけど、これはもう既に約束したことだ。

私に拒否権はない、のだけど。

「あの、やっぱり私じゃ足りないと思うんですけど……」

どこぞのご令嬢と比較されたら一発で私のKO負けは確実。

想像しただけで申し訳なさでいっぱいになり、つい弱音を吐いてしまった。

識嶋さんはそんな私を見て呆れたように、ため息を吐き出して。

「そうだな」

グサッと私の心臓を一突きする。

いや、前にも似た展開があったし予想はついたはずなんだけど、前回となんら変わってないのがまた痛い。

思わず胸もとを押さえ苦笑いを浮かべた時、「だが」と彼の声が聞こえて視線を向ければ。

「お前にはお前のよさがある。そこは自信をもて」

識嶋さんはわずかに笑みを浮かべてから、窓へと視線を向けてしまう。

不意打ちをくらった私の心臓は甘く跳ね続け。

それから私たちは、視線も会話も交わすことなく、どこか微妙な雰囲気のまま帰宅したのだった。

今回の縁談は交際相手がいるので遠慮したい。

そう識嶋さんがお母様に伝えたところ。

結婚を考えている女性なのか。

どちらの令嬢なのか。

いつからのお付き合いなのか。

識嶋さんは、この三点をお母様に尋ねられたらしい。

電話口でもお母様がイライラしている様子が感じ取れたようで、識嶋さんはとりあえずどう転ぶかわからないながらも、刺激しないように答えた。

その内容が……同じ会社のプランナーで、アメリカに出張に来た時に出会っていて、自分のことをとても理解してくれている人物であること。

令嬢ではないが、仕事ができるので自分にも会社にも価値があるということ。

結婚ももちろん視野に入れていること。

『今度機会があれば会わせるよ』

そう言って、まだ渋る母親にストップをかけたそうだ。

けれど、それでも一度は先方に会いなさいと押され、どうにも逃れられない雰囲気に仕方なく会うだけならと了承したと、識嶋さんが昨日、寝る前に報告してくれた。

『とりあえずは断るお膳立てはできた。あとはまた必要な時に頼むぞ』

言い残して識嶋さんは自室へと戻った。

翌日、私は会社の席で一連の出来事を思い起こしながら深い息を吐く。

今後必要になるのって、どう考えてもプレッシャーが半端ないような場面しか思いつかない。

お母様に挨拶をしないといけないなんて、胃に穴が開くレベルだ。

まだ痛んでいないのに、なんとなくお腹を擦《さす》ったと同時。

「お前は亀なのか」

隣の席から識嶋さんのきつい言葉が聞こえて、私は手をパソコンのキーボードに添えたまま顔だけ動かして様子を見た。

隣の席では麻衣ちゃんが肩を前へと丸め、小さくなっている。

彼女はグラフィックデザイナーだ。

と言っても、まだアシスタント。

だけど美的センスがいいので私は尊敬している。

そんな麻衣ちゃんは、どうやらポスターの作成が遅れているみたいで、そのことで識嶋さんに注意されているようだった。

「す、すみません！」

完全に委縮してしまっている麻衣ちゃんの姿に、助け舟を出そうかと一瞬迷ったけれど、識嶋さんは彼女の様子を見て、視線をわずかに彷徨わせた後……。

「デザイン自体は充分いいんだ。早く完成させて仕上がりを見せてくれ。その……頼んだぞ」

麻衣ちゃんを気遣った。

これには私だけでなく麻衣ちゃんも驚いたようで、唖然《あぜん》とした顔を見せるもすぐにコクコクとうなずいて。

「がんばります！　急いで仕上げますね！」

俄然《がぜん》やる気になり、真剣なまなざしでパソコン画面を見つめ素早くマウスを動かし始めた。

そんなふたりの様子を驚いて観察していたら、識嶋さんは私の視線に気づいたようで、軽く咳払いし居心地悪そうに「お疲れ」と口にして去っていく。

照れているような素振りに、私は思わず破顔した。

もしかしたら、私の言葉を思い出し、態度を和らげてくれたのかもしれない。

だとしたら、なんだか、すごくうれしい。

いつの日か識嶋さんが、みんなから信頼される社長になってくれたらいいな。

そして、彼がトップに立つこの会社で、働けてよかったと思いたい――。

私はそんな日を夢見ながら、麻衣ちゃんに続いてパソコンに向き合う。

がんばろう、私も。

仕事も、識嶋さんとの約束のことも、前向きに。

そう、前向きな気持ちでいればどんなことでも切り抜けられる――はずだけど。


同日、夜。

私は、早速切り抜け方がわからなくて困っていた。

識嶋さんの気遣いを目撃してから数時間が経ち、時刻は午後八時を過ぎた頃。

「いやー、あんたなかなかかわいいね。オレの好みだよ」

私は営業部にいる同僚からの依頼でクライアントの接待に同席していた。

老舗料亭の懐石料理に舌鼓を打ち、時間と共にお酒の量も増えて。

「どう？　今度ふたりで飲みに行かないかい？」

いつしかお酒の力で自分を見失ったらしいクライアントの部長にからまれている私。

「仕事が忙しいので難しいかもしれないですね」

ごまかしてみるも、部長さんは脂ぎった顔を近づけて「仕事熱心なところもいいねー」と上機嫌だ。

営業部の磯山《いそやま》君は苦笑いしているけど、別のクライアントの相手をしていて助けは期待できそうにない。

どうにか自分の力でこのピンチを抜けないと……と考えていた矢先、私の腰に部長さんの手が回ってきた。

そこで、ああ、噂は本当だったと思い知る。

この部長、酒癖が悪いらしいと磯山君が心配していたのだ。

そして、もしまずい時は僕がどうにかしますと言ってくれたから、この場に来ることにした。

けれど蓋をあけたらこの展開。

完全にセクハラだ……。

満足気に笑う部長さんに、泣きたい気持ちをぐっとこらえて愛想笑いを返し、仕事の話をして気を逸らそうと試みる。

でも、それも堅い話はまた今度とかわされて失敗。

部長さんの手が私の腰をいやらしい手つきでなでて、背中がぞわりと粟立つ。

舐《な》めるような目つきと、強引さに軽くめまいを覚えて。

やめてください。

その言葉が喉から出かけた——その時。

「その手を離してください」

背後から耳慣れた声が聞こえ、直後、部長さんが「あいたたたたた！」と叫んだ。

腰から嫌な温もりがなくなり、私は何事かと振り返る。

すると、座椅子を挟み片膝を立ててそこにいたのは。

「うちの社員はホステスじゃないんでね」

まだ会社にいるはずの識嶋さんで。

「な、なんだお前は！」

捻り上げられていた腕を解放された部長さんは、怒りと怯えを混ぜたような表情で
識嶋さんを見る。

それに対し、識嶋さんは冷静な笑みを浮かべて名乗る。

「はじめまして。彼女の上司で識嶋と申します」

「し、識嶋って……」

「はい、ご想像どおりかと思いますよ」

識嶋さんの冷たい笑みに、凍り付いていく部長さん。

磯山君も、他の接待相手も皆、識嶋さんの登場に驚き固まっていた。

私も、そのひとりだったのだけど。

「出るぞ」

識嶋さんに腕を引かれ、動くことを余儀なくされる。

急ぎ鞄を手に取り、私はまだ状況が呑み込めないまま彼に連れられ店の外に出た。

夜風が私の肌に気持ちよく当たる。

なにより、ピンチの状況から抜けられたことが私の心を軽くしてくれていた。

その代わり、疑問が湧いている。

私の腕を離すと、車をまわすように電話で伝え終えた識嶋さんに問いかける。

「あの……どうしてここに？」

偶然、彼も仕事の都合でここにいたのか。

それくらいしか識嶋さんがこの店にいる理由が見つからない。

そして、たまたま私たちを見つけて助けてくれた……のかと思ったら。

「それはこっちが聞きたい」

なにやら機嫌が悪そうに答えられる。

「どうして俺はここにいるんだ」

「や、だからそれを私が聞いてるんです」

混乱気味の識嶋さんにツッコミを入れた。

「孝太郎からクライアントのセクハラ話を聞いた。それで、お前が同席してるって知って……ここに、来た」

思い出しながら声にしていく識嶋さんは、自分でなにを言っているのかわかっているのだろうか。

彼は助けに来てくれたのだ。

「お前を嫌な目に合わせたくないと思った」

私のことを。

部下だから？

居候しているから？

恋人役だから？

彼が、どんな気持ちで来てくれたのかが気になって。

うれしさやありがたさよりもそれが勝っているなんて、識嶋さん同様、自分でも自分がよくわからない。

けれど、知りたい。

そう思う気持ちの向こうにある甘い予感を、私は心の中で否定する。

これはきっと危機から救ってもらったから興奮しているだけだ、と。

だまったままでは気まずいので、私は識嶋さんに「ありがとうございます」と頭を下げる。

すると識嶋さんは今日はこのまま帰るぞと声にした。

雲のない夜空に浮かぶ月が静かに見下ろす中、私はひとり戸惑う。

どうしてこんなに、心が浮き立っているのかと。


社長室のプレートが貼られた木製の扉を前に、私は深いため息をひとつ落とす。

何故ここに立っているか。

それは、相馬先輩から、昨日の接待での話が社長の耳に入っていると聞いたからだ。

呼び出しはかかっていないけれど、謝罪しなければいけない。

そう思い至った私は、一度自分の仕事を切り上げてこうしてここに来たのだ。

タイミングよく、社長は今ここにいると秘書さんから聞いた。

私は心に決め息を吸うと、扉に手の甲を向ける。

と、その時、中から識嶋さんの声が漏れ聞こえて、私は扉をノックするすんでのところで動きを止めた。

「……のことは……高梨……悪くありません」

――これ、もしかして昨日の？

識嶋さんが責任を取って謝っているのだろうか。

しかも、私のことをかばってくれているようにも聞こえる。

だとしたら今ここでお邪魔させていただいて一緒に謝るべきかと迷うも、マナー的にはよくないと思い止まり、私は少し離れたところで識嶋さんが出てくるのを待った。

あまり時間がかかりそうなら一度戻って……と考えていたけれど、待ち始めて五分もしない間に社長室の扉が開き、エレガントなシルエットのスーツを着た識嶋さんが出てきた。

彼は室内の社長に頭を下げると、静かに扉を閉める。

直後、私が立っていることに気づき、クールな瞳を少し細めた。

「なにしてる」

「社長に昨日のことを謝りに」

答えると、識嶋さんは小さく頭を振る。

「必要ない。お前からの謝罪はいらないと言っていた」

それは、識嶋さんがそのように取り計らったからではないのか。

口から出かけた言葉を呑み込んで、私は「わかりました。機会があればその時に謝りたいと思います」と伝える。

そして。

「かばってくださって、ありがとうございました」

礼を言いながら頭を下げると。

「別に、俺が勝手にやったことだ」

そっけない声が返ってきて、私は元の姿勢に戻り「怒ってました？」と尋ねた。

すると識嶋さんは廊下の壁に寄りかかると腕を組み、四角い窓枠越しの午後の青空を見つめて。

「……喜んでた」

言いにくそうに口にした。

「喜ぶって……なにをですか？」

セクハラに遭った事件のどこを喜んだのか。不思議に思い首をかしげれば、識嶋さんは窓から視線を私に向けて、また逸らすと。

「俺の行動をだよ。お前と住んで正解だと言っていた」

気恥ずかしいのか、それを隠すように肩をすくめて微笑んだ。

急に訪れたこそばゆい空気に、私は「そうですか」と声にしてうつむく。

最近、識嶋さんの言葉で変な空気になることが多い気がする。

昨日だって、悪い噂を聞いて心配になったとだけ言ってもらえれば〝いい人〟で済んだかもしれないのに、お前を嫌な目に合わせたくない、だなんて……。

「まあ……俺も否定はしない。お前との生活は存外悪くない」

ほら、また。

きっと彼は自分の気持ちを普通に声にしているだけだ。そこにある好意は恋愛ではないだろう。

でも、言い方と態度がいけない。

もともと素直じゃない人だから、うっかり期待してしまいそうになる。

「それは、ありがとうございます」

お礼と、あとはなにを伝えればいいだろう。

私も識嶋さんとの生活は嫌じゃない、というのは、居候の身でなんだか偉そうだし。

追い出されないように精進します、もなんだかふざけてしまっていて違う。

ああ、もう。これは予想外だ。

識嶋さんがこんな風に私を悩ませるなんて。

「まだしばらくお世話になると思いますが、仲良くしてやってください」

友人としても、という意味を込めてとりあえず言葉にした時だ。

羽織っている薄手のジャケットに入れたスマホが震えて、私は識嶋さんに断りを入れると暗いディスプレイをタップした。

メールの着信通知に、なんだか嫌な予感がしたけれど、メールアプリを開いた。

すると、予感的中。

アドレスに名前はなく、件名には【ダメだよ美織】という文字。

恐る恐る本文を表示させると、そこには――。

【社長の息子だからって色目を使うのはよくないよ。僕がもっと美織にかまってあげないとダメだね】

驚愕の、文章。

「……どういう、こと？」

手が震えて、出した声は自分で思ったよりも小さくて。

私の異変に気づいたのか、識嶋さんが「どうした?」と眉間にシワを寄せた。

「今、こんなメールが」

言いながら、識嶋さんにメールを見せると、内容を確認した彼は目を細めて警戒するように周囲をうかがう。

「……社内にいるのか」

「ウソ……」

知り合いを、友人を信じたいと思いながらも、犯人がその中にいる可能性はゼロではないとどこかで覚悟はしていた。

だけど、社内での状況がリアルタイムでわかるということは、社内の、しかも近しい誰かである確率が高いということになる。

到底笑えない状況に、とっさにスマホを抱き締めるように身構え、辺りをうかがった。

逆光で見えづらくはなっているけど、廊下の向こうに人の気配はない……気がする。

先ほどまで、いたのだろうか。

それとも他のビルから、望遠鏡を使って窓越しに?

だとしたら社内の人では……。

いや、識嶋さんを社長の息子だと知っている時点で、社内の人間だ。

識嶋さんも同じ結論に達したのか、私を真剣な眼差しで見つめる。

「用心しておけ」

低く鋭い声にうなずくと、帰りは一緒に車に乗っていくように言われた。

不安と恐怖に押しつぶされそうになりながらも、私は首を縦に振って識嶋さんとふたり、制作局へと戻ったのだった。


翌日。

朝も識嶋さんのリムジンで会社まで送ってもらった私は、とりあえず帰宅までの間には異変なく過ごしていた。

幸い、ほとんどの社員は電車やバスで通勤しているので、地下駐車場に停まったリムジンから私が降りてきても見つかることはない。

それもあって、識嶋さんには帰りもリムジンを使えと言われたけれど、もともと予定が入っていたのでお断りした。

だって、私も楽しみにしていたのだ。

西園寺さんとふたりで食事に行くのを。

むしろこの為にここ数日は残業をこなしていたと言っても過言ではない。

明日は泊まり込みで仕事して、今日早く帰ってしまう分を調整するつもりだ。

定時で上がればこの辺りは人通りも多い。

食事した後、マンションに帰るにはタクシーを使えば危険な目にはあわないだろう。

今日くらいは大丈夫。

そう信じて、私は仕事に取りかかった。


「ストーカー？」

都内、駅から徒歩五分ほどの場所にあるイタリアンレストランで、私と西園寺さんは久しぶりに再会した。

白を基調とした店内で、ローストビーフと赤ワインを堪能。

楽しい会話が一段落して、店員さんオススメの自家製だという濃厚なブラウニーを食べていた時だ。

公衆電話から無言電話がかかってきた。

きっと〝彼〟だろうと思い、無意識にため息を吐いてしまった私に、悩み事でもあるのかと西園寺さんが心配してくれて。

その優しさに甘え、つい口を割ってしまった。

ストーカーに付きまとわれている、と。

ポニーテールにリボンのカチューシャをつけた西園寺さんは、切りそろえられた前髪の下にある黒目がちな瞳を哀しそうに揺らした。

「社内にいるかもしれないなんて……高梨さん、確かひとり暮らしですよね？」

大丈夫ですかと聞かれて、私は一瞬どう答えればいいのか迷った後「今は友人の家にお世話になっているので」と話す。

「それならよかったです。早めに解決させたいですね」

親身になって相談に乗ってくれる西園寺さんは、なにかあれば協力するから遠慮なく言ってくださいと天使のように柔らかく微笑んだ。

「ありがとうございます」

そう伝え、少し溶けたシャーベットを口に運ぶ。

その後、私たちは同じ歳なんだから敬語はやめようと約束し、また近々食事でもと言って別れた。

駅前でタクシーに乗り込んで、目を閉じる。

本当に、早く解決させなくては。

今より悪い状況にならないうちに、早く。

第三章

彼の魅力

後輩の麻衣ちゃんは積極的な子だ。

なにに対してもその姿勢は変わらず、失敗することを恐れずに果敢にアタックしていく。

恋に関しては当たって砕けろです、と彼女は以前笑っていたけど、本当に砕けた時、一週間は落ち込んでしまい、仕事も手につかない状態だった。

識嶋さんが東京本社に勤務となる少し前もそんな状態だったけど、最近はその傷も癒えたようで。

「識嶋さんはー、彼女いるんですか？」

カフェスペースでコーヒーを淹れに来た識嶋さんにとんでもない質問を振っていた。

相馬先輩と軽い打ち合わせをしていた私は、カウンターに広げた資料に危うくコーヒーを零《こぼ》しそうになる。

しかし、私の隣に座っている相馬先輩はというと。

「麻衣ちゃん勇気あるな」

どうやら楽しんでいるらしく、ニヤニヤと識嶋さんと麻衣ちゃんのやり取りを観察していた。

識嶋さんは興味なさそうに、湯気の立つコーヒーカップを手にして。

「さあ、どうだろうな」

適当に答えつつ相馬先輩の向かい側に座る。

すると、後を追うようにコーヒーカップを両手でもちながら麻衣ちゃんが私の前の席に腰を下ろした。

「なんだ、いるのか？」

相馬先輩も興味があるらしく、口もとを緩めながら問いかける。

「口うるさい猫なら、うちに」

……猫？

猫なんて飼ってないはず――。

「おとなしい顔して、変なところが強くて困ってる」

――チラリ。

識嶋さんの視線が一瞬だけ私を捉えた。

まさかとは思うけど、それって私のことでは。

麻衣ちゃんが「え〜、それ本当に猫ですかぁ？」と識嶋さんを覗き込むように首をかしげる。

「でも嫌いじゃないんだろ、その顔は」

小さく笑い、先輩がぬるくなったコーヒーを口に含めば、識嶋さんもカップに口をつけて。

「……まあ」

きまり悪そうな顔で答えると、仕事に戻ると言ってカフェスペースから出て行った。

ち、ちょっと待って。整理しよう。

識嶋さんが彼女の有無をハッキリと言わなかったのは、多分縁談の件が絡んでいるからだ。

私がいつか恋人として役立たなければならない場合に、都合が悪くならないように。

役に立たなくてよさそうなら、下手にウソを広げないように。

ここまでは理解できる。

でも、今のはなんですか。

猫イコール私だとして、識嶋さんが見せたあの去り際の態度。

……ダメだ。

最近、識嶋さんの言葉や行為に振り回されて心が落ち着かない。

お願いだから、心を刺激しないで。

じゃないと私……。

いつの間にかうつむいている私を覗き込むように声をかける相馬先輩。

「高梨？　どうした？」

「ご、ごめんなさい」

「いや、別にいいけど、具合でも悪いのか？」

「大丈夫です。えっと、続き！　続きやっちゃいましょう」

私がぼんやりしているうちに、麻衣ちゃんもいなくなっていたらしい。

先輩はまだ少し私の様子を気にしつつも、またふたりだけになった空間で打ち合わせを再開した。

私はテレビのチャンネルを切り替えるように、思考をリセットするのだった。


――同日、帰宅途中。

識嶋さんのいないリムジン内は広すぎる気がして少し寂しい。

一緒にいれば毒を吐かれることだってあるけれど、最近は受け流したり言い返したりすることが上手にできるようになっているからか、会話のない車内は静かすぎて居心地が悪かった。

でも、今日は仕方ない。

彼は急遽、お母様に呼び出されたのだ。

縁談相手と会わなければならなくなり、そこに社長も同席するようで、拒否することは難しかったと聞いている。

「ありがとうございました」

マンションの地下駐車場でリムジンから降りた私は運転手さんに軽く頭を下げた。

車はこの後また移動し、今度は識嶋さんを迎えに行くらしい。

お疲れ様ですと口にすれば、運転手さんはありがとうございますと丁寧にお辞儀をしてからリムジンを出発させた。

それを見送ってから私はエントランスを抜けて部屋へと向かう。

「戻りましたー」

玄関をあけて中に入るとまずは自分の部屋へ。

椅子の上に荷物を置いて、おろしていた髪を簡単にまとめ上げるとダイニングへと移動した。

冷蔵庫の中には村瀬さんお手製の、豆乳の海鮮ポトフと野菜スティック、きのこのマリネが入っていて、私はそれを取り出すと温め直してありがたくいただく。

やさしい味のポトフを食べながら、ふと、壁にかかっている時計を見れば、時刻は午後十時をまわっていた。

……識嶋さん、まだ縁談相手と会ってるのかな。

意外と好みのタイプで話が弾んでる、とか。

だとしたら、私はお払い箱になるのだろうか。

……おかしい。最初は嫌だった役なのに、ウソの役なのに。

識嶋さんがいないのは、彼に必要とされなくなるのは、寂しい。

「……寂しい、な」

食事を終えて食器を洗い片付けて。

入浴も終えてやるべきこともなくなり、身軽になって部屋のベッドで横になっていた時だ。

リビングの方から物音が聞こえて私は体を起こした。

きっと、識嶋さんが帰ってきたのだ。

挨拶だけしに行こうかと迷っていると、部屋の扉が二度ノックされて。

「いるか?」

くぐもった識嶋さんの声に私は「はい、どうぞ」と返してベッドに腰掛ける。

部屋に入ってきた識嶋さんは既にジャケットを脱いでいて。

「おかえりなさい。お疲れさまです」

「ああ、お疲れ」

ネクタイを緩めながら返事をした。

そして。

「とりあえず、恋人がいることは先方に伝えておいた」

少し疲れた声で今日の報告をしてくれる。

「納得してもらえたんですか?」

「いや、先方の両親にじっくり選べと言われた」

「それはまた上手ですね……」

怒るでも諦めるでもなくそんな風に言われては、識嶋さんも両親のメンツを考慮したら強く反発することもできないだろうし。

むしろそれを見越して言われたのかもしれない、と思うのは勘繰りすぎだろうか。

識嶋さんはひとり掛け用の革のソファーに腰を下ろし「こっちから打って出る必要

もあるか」とこぼす。

「なんですか、その時代劇の戦に出るみたいな言い方は」

まあ、識嶋さんにとっては戦に出るイメージなのかもしれないけど。

「それで、例えばなにを？」

「別れそうにないことをアピールし続ければいい。もしくは、俺と結婚したくないと思わせるかだな」

それならあなたの厳しい言葉が一番効きますよ、と言いたかったけれど、よく考えるとプライベートの識嶋さんのほうがどこか柔らかい気がするので、私のように順応してしまわれるかもしれない。

だって、ほら、今も嫌じゃない。

彼が足を組んで考え悩んでいる姿も。

顎《あご》にあてた長い指も。

憂い伏せられた長いまつげも。

普段の冷たささなんて帳消しにできてしまうほど彼は魅力的で。

「よし、機会があればどちらも試すか。今度会うことがあれば高梨、お前を連れていく。頼むぞ」

彼がもついろんな面を知れば、きっと、相手の女性も許してしまう。

首を縦に振った私に、識嶋さんは用は済んだとばかりに立ち上がった。

そして、閉めようと扉に手をかけたかと思えば足を止めて。

「ストーカーには、明日も用心して過ごせよ」

私に気遣いの言葉をくれる。

昼間、私のことを猫扱いして口うるさいと言ったのは忘れてあげようかな、なんて偉そうに考えていたら、ちょっとしたイタズラを思いついた。

振り回してくれたお返しをさせてもらおう、と。

識嶋さんの忠告に私は笑みを作って、声にする。

「がんばりますにゃ」

すると自分の発言を思い出したのか識嶋さんは驚いた表情で目尻を赤く染めて。

「別に、あれには深い意味はないからな」

またしても言い逃げ。

彼は扉を強く閉めて、忙しない足音を立てながら行ってしまった。

そして思うのだった。

ああ、これがツンデレのツンのほうか、と。

自覚する想い

そういえば、彼が酔っているところを見たことがない。

もうすぐ日付が変わる金曜日の深夜。

私はリビングにある大きなテレビでお笑い番組を観ながらそんなことを考えていた。

何故そんなことを考えるのかというと、今夜、識嶋さんは相馬先輩と飲みに行っているからだ。

テレビに映し出された女芸人がセクシーなダンスで笑いをとる中、普段ここで過ごしている識嶋さんを思い返してみる。

このソファーでコーヒーを飲んでる姿はよく目にしていたけど、お酒を飲んでいるのはほとんど見たことがない。

本当に、ほんの数回のみだと思う。

それもワインをグラス一杯とか、度数の弱いお酒を二杯、とか。

でも酔っている感じではなかったし、ほろ酔いという雰囲気でもなかった。

つまり、普通かほどほどに強いということが予想される。

まじめな人だし、酔いつぶれるまで飲んだりしないんだろうな、なんて考えていたところに、玄関が開く音がして。

私はソファーで膝を抱えた体勢のまま、視線をリビングの扉にうつした。

……が、おかしいことにいつまで経っても識嶋さんが現れない。

気のせいだったのかと首をかしげれば、「んー」と言葉になっていない声が聞こえた。

もしかして具合でも悪くしているのかと心配になり、玄関へと急げば。

「し、識嶋さんっ⁉」

玄関扉に背を預け、片膝を立てながら目を閉じている識嶋さんの姿に、私は慌てて駆け寄った。

「大丈夫ですか？」

声をかけると、まぶたがうっすらと開き私を力ない瞳で見つめる。

「……高梨か。どうした？」

「それはこっちのセリフです。具合が悪いんですか？」

「悪くない」

「立てます？」

「当たり前だ」

バカにするなと言いたげに眉根を寄せた彼は、足腰にぐっと力を入れて体を起こし立ち上がった。

――が、しかし、廊下を歩く足取りはフラフラとおぼつかない。

それを見て私は悟る。

彼は、酔っているのだと。

「かなり飲んだんですか？」

どうにかリビングにたどり着いた彼の背中に問いかけると「忘れた」と面倒そうな声が返ってくる。

これ、私の予想は外れていたんだろうか。

本当はお酒にすごく弱い？

それとも、飲まずにいられないほど疲れていたか、嫌なことがあった、とか？

どちらにせよ、先ほどから座りもせずにお笑い番組を眺めている識嶋さんは、間違いなくいつもの識嶋さんじゃない。

「地震か」

「揺れてないですよ」

「いや、世界が歪《ゆが》んでる」

「それはお酒のせいです」

「俺は酔っていない」

「はいはい」

識嶋さんはお酒に強いと思っていた数分前の私に言いたい。

彼は酔うとちょっと頭が弱くなるんだと。

しばらくまともな会話はできないだろうと予想した私は、とりあえずお水でも飲ませようとキッチンへ向かった。

透明なグラスをひとつ手に取り、ウォーターサーバーから天然水を注ぎ入れる。

そして、彼に渡しに行こうと踵を返した私の視界に飛び込んできたのは。

「……通れない。どうなっている」

壁にぶつかったまま歩こうとしている識嶋さんだった。

これは面白――いや、大変だと、私は壁と仲良くしている彼に声をかける。

「識嶋さん、そこ通れません。お水を飲んで、まず落ち着いてください」

言って、識嶋さんの腕を軽く引いた。

彼は一瞬ふらりと体のバランスを崩しかけたけれど、肩から壁にもたれ私のもつ水を受け取り、喉を鳴らして空にする。

そして、グラスを私に押し付けると、そのままの体勢で目を閉じた。

このまま壁と添い寝しそうだと思った私は、グラスをコーヒーテーブルの上に置き、識嶋さんの腕を再度引っ張る。

「部屋に行ったほうがいいですよ」

このままここで寝てしまっては、体も休まらないだろうから。

すると識嶋さんはまぶたを重そうに上げて。

「どこだ。連れていけ」

なんとも不安な言葉を添えて命令した。

自分の家の部屋がわからないなんて、どこまで泥酔してるんだ。

これはきっと記憶も飛ぶに違いないと予測しながら「わかりました」と答えて、彼の背中に手を添えると歩くように促す。

もちろん足取りはおぼつかず、体重が私へとかかって識嶋さんとの距離が密着する。

普段彼がつけている香りがぐっと近くなり、スーツ越しに感じる体温に私の心臓が騒ぎだした。

これは介抱しているだけ。

そう言い聞かせながら、識嶋さんの部屋の扉をあける。

実は、彼の部屋に入るのはこれが初めてだ。

どんな部屋なのかと少しだけドキドキしながら、入り口すぐにあるシルバーグレーのスイッチに触れてダウンライトを点灯させる。

すると、まず視界に飛び込んできたのはキングサイズのベッドだ。

ここは主寝室と言われる部屋なんだろう。

一般家庭のリビングよりも広いと思われる部屋の中央より少し奥の方、オフホワイトの壁際に、黒と白を基調としたベッドが設置されている。

よく見ると、ベッド脇のサイドテーブルも窓際のカウチソファーも黒。

籐製のコーヒーテーブルも黒。

クッションや観葉植物の鉢がベージュやオフホワイトで見た目の軽さを演出している。全体的にシックで洗練されている室内に、私の使わせてもらっている部屋同様、リビングへ通じる扉とは別の扉をふたつ見つけた。

多分バスルームとウォークインクローゼットだろうと考えていたら、識嶋さんが「ジャケット」と少し乱暴に口にする。

……脱がせろということだろうか。

もしかして、私をお手伝いさんかなにかだと思ってる？

まあ、それならそれでやりやすいかもと思いながら、私はベッドの前で立っている識嶋さんのジャケットに手をかけた。

幸い、ボタンは既に外れているので簡単に脱がすことができた。

けれど、室内にハンガーが見当たらず、かといって無断でクローゼットをあけるのもよくないなと悩んでいたら。

「高梨」

突然、識嶋さんのハッキリとした声が私を呼んで。

はい、と答えるより早く。

彼の熱い手が、私の腕を強く掴んだ。

視界にうつる景色が猛スピードで流れて。

私の体はバランスを失い、声を出すこともままならないまま、識嶋さんから香るシトラスの匂いに包まれたベッドに倒れ込んでしまった。

いきなり乱暴に扱われて、なにか機嫌を損ねることでもしてしまったのかと悩むも、そんな思考は識嶋さんの次の行動でキレイさっぱり吹き飛んだ。

何故か、彼は。

「……あ、の……？」

ベッドに倒れ込んでしまった私の上に。

「……なんだ」

覆いかぶさってきたのだから。

少し左向きに倒れている私を見下ろす識嶋さんの瞳は、獲物を捕食するかのごとくまっすぐで。

「どいて、ください」

頼んだところで己を見失っているであろう識嶋さんには通じないとは思ったけど、心臓も思考も全てがオーバーヒート寸前の私はそれしか声にすることができない。

もっていたはずのジャケットはいつの間にか滑り落ちていたようで、私の手にはなかった。

「ジャケット、落としてしまったから」

かろうじて見つけた理由を伝えてみたけれど、識嶋さんは「いい」と小さく言葉を落とすと、細いけれどしっかりと筋肉のついた体を私に乗せて。

「今は、こうしていたいんだ」

顔を首筋にうずめながら囁《ささや》いた。

酔った熱い吐息が私の首をくすぐって思わず身じろぐ。

　すると識嶋さんは私を背後から抱き締めながら横になった。

　かかっていた重さからは解放されたけれど、腹部に回された腕に緊張して思わず呼吸を止めてしまう。

　言葉も出ないままに体を強張らせていれば、再び静かな彼の声。

「俺は、お前を知りたい……」

　その甘い言葉に、熱い声に。

「心を……お前という人間を、もっと」

　欲しがる想いに、自分の中に芽生え始めていた感情が一気に膨れ上がっていく。

　抑えきれなくなるのではと、不安になるほどに大きく。

「許して……くれるか?」

　彼の少し乾いた唇が、首の後ろに遠慮がちに触れてくる。

　肩の曲線をなぞるようにゆっくりと移動する感覚に、どうここを離れるか、なんて考える余裕さえ奪われた。

　頬が熱い。

　識嶋さんの唇も熱い。

　首もとを掠める息も、布越しに感じる彼の体温も。

胸の内の想いも。

全ての熱に、頭がおかしくなりそうだとまぶたを強く閉じた直後――。

彼の唇が離れ、逃がさないとばかりに回された腕から力が抜けたのがわかった。

すっかり動かなくなった識嶋さんに、もしやと耳を澄ませば聞こえてくる穏やかな寝息。


予期せぬ展開から解放された私は、息を吐いて体中の力を抜いた。

心臓はまだ忙しなく打っているけれど、ようやく頭の中がクリアになっていく。

けれど、心の中はぐちゃぐちゃだ。

識嶋さんの言葉と行為は本物だったのか。

知らんぷりできそうにないこの想いはどうすればいいのか。

どうしたらいいのかわからず、けれど、自覚した想いのせいで、彼の腕の力は弱まっているにもかかわらず逃げたくなくて。

――少しだけ、と。

目を閉じて、彼から与えられる温もりに身を委ねる。

今だけ、彼が目覚める前には戻るから。

お酒の力でなかったことにされる前に、今、少しだけ。

そして、彼の寝息を聞きながら唇を噛み締める。

こんな始まり方、卑怯だ。


音が聞こえる。

水の跳ねる音が、いくつも、いくつも。

ああ、雨だ——と、朧げな意識の中で判断した私は、体にかけられている肌触りのいい薄手の布団を肩まで引っ張った。

包み込まれる感覚に、またうとうとと眠りの世界と現実を行ったり来たりしていれば、いつの間にか水音は途絶えていて。

代わりに。

「……まだ寝てるか」

降ってきたのは聞き覚えのある静かな男性の声。

それが誰のものであるのかを寝ぼけた頭で考えてみると、思い当たった人物。

そして、その人物から連想された昨夜の出来事を思い出した私は、まどろんでいた意識を一気に覚醒させた。

焦り、上半身を勢いよく起こすと、ベッドサイドに立って白いタオルで髪を乾かしている識嶋さんと目が合って。

「――おはよう」

いつもは無愛想なその顔に、さっと赤味が差したかと思うと、タオルで顔を隠すようにしながら私に背を向けた。

ほのかに漂う爽やかな石鹸の香りに、先ほどまで聞こえていたのは雨音ではなくシャワーの音だったのだと知る。

それと同時、ここが彼の部屋であのまま寝てしまったんだということに気づいた。

「す、すみません。私、うっかりここで寝てしまったみたいで」

あれだけ悩んで識嶋さんの腕の中で横になっていたのに、どうして朝まで爆睡できたのか。

もしかして、自分で思うよりもずっと神経が図太いのだろうか。

なんにせよ、識嶋さんのベッドで寝てしまったのは事実。

ベッドに正座をし、頭を下げた。

すると識嶋さんは。

「いや、かまわない。むしろ俺のほうが……悪い」

歯切れの悪い返事をし、引き続きわしゃわしゃと髪をタオルで拭いた。

その様子に、違和感があった。

もしかして、もしかすると。

「記憶、あるんですか？」

恐る恐る尋ねると、彼は一瞬髪を乾かす手を止めて。

「……ある程度は」

戸惑いを乗せた弱い声で答えた。

「そ、そうですか……」

そして訪れる気まずい空気。

識嶋さんの背中さえも見られずにいた私の胸中はとても複雑だ。

今後のやりづらさを考えたら、忘れていてほしいと頭では考えるのに、心は忘れてほしくないと願っていて。

自分でもどうしたいのかわからなかった。

ただ、ここにいても答えは出ないだろうと考えた私は、気持ちを切り替える為にベッドから降りて立ち上がる。

「なにか朝食でも作りますね」

努めて明るく話しかけ、私は識嶋さんの返事も聞かないまま、朝日の差し込む明るいリビングに移動した。

——用意した朝食はごく簡単なものだった。

前日にお酒を飲んでいるから胃に負担のかからないものと考え、メニューはだし巻き玉子焼きとおかゆに梅干し、しじみのお味噌汁。

識嶋さんは意外にもしっかりと食べ、部屋で仕事をするからと言って自室へと戻って行った。

昨夜の話にはいっさい触れずに。

識嶋さんの気持ちだとか、私の気持ちだとか、全てを置き去りにして。

いや、彼は『悪い』と言っていた。

もしかしたらそれが答えなのかもしれない。

そのひと言に、忘れてくれというメッセージが込められているのでは。

あれは、酔っ払いの戯言《ざれごと》だと。

……ダメだな。いつもそう。

自分の気持ちに正直になると、いい方に考えるのが難しくなる。

悪い方を予想してしまうのは、傷つくことを恐れるが故であり、恋の病と言われる難病を患ったものに現れがちな症状なのか。

ならば、病は気から。

私は鬱々としてしまう前にと、部屋に戻ってスマホを手にした。

仕事も恋も、気分転換によって見え方も変わってくることがある。

いい方向に変わることを期待して、私はアドレス帳からある人の名前を表示させたのだった。


休日のお台場は相も変わらず人が多い。

もちろんそれは場所にもよるのだが、私が今いる場所はショッピングモール。

買い物を目的としたファミリーや恋人、友人たちが、中世ヨーロッパの街並みをモデルにしたモール内を行き交っている。

そして、今日は私も同じく気分転換として買い物を楽しんでいる最中だ。

急遽誘ったにもかかわらず快く応じてくれた彼女は、楽しそうに一軒のジュエリーショップを指差した。

「美織ちゃん、少し見てもいい？」

「うん、もちろんいいよ」

首を縦に振れば、彼女、西園寺さん……じゃなくて、優花ちゃんは店内へと足を踏み入れる。

私もそれに続いてお店へと入ったのだけど、驚いたことに、彼女が見ているコーナーは。

「えっ、優花ちゃん結婚するの？」

そう、ブライダルリングだ。

驚きを隠せずに尋ねた私に、優花ちゃんははにかんで。

「まだ、正式に決まってないんだけど、お話は出てて」

わぁ、そうなんだ。

彼氏がいるって話とかしてなかったから驚いたけど、そうだよね。

こんなかわいらしい女性だもの。

彼氏がいないわけがない。

納得した私は頬を緩めてミモレ丈の清楚なワンピースを纏う彼女の隣に立つ。

「そっかー、まだ早いかもだけどおめでとう」

「本当に、まだ本格的な話はこれからなのよ？」

「優花ちゃんなら決まっちゃうでしょ。おめでとうは間違いなしだよ」

そう告げると、優花ちゃんはまたうれしそうに微笑んでありがとうと言った。

それから、こんなデザインが素敵だとか、ずっと指輪をつけておくならシンプルな方がいいのかなとか、店員さんの話を参考にいろいろと話して。

お店を出た私たちはまた少し歩き、何軒か他の店を見てまわりながら話をした。

ブライダルリングというきっかけ以降、ふたりの話題は恋が中心。

そして、それは買い物の合間に訪れたカフェでも続いていた。

「美織ちゃんには孝太郎先輩みたいな人が似合いそう」

今度は私の話がメインとなっていて、優花ちゃんは私にそんなことを言い出した。

正直、相馬先輩を恋愛対象に入れたことがなく、そんな目で見たこともないのでちょっと驚きだ。

「ごめんなさい、なんだか話の順序間違えちゃった。美織ちゃん、付き合ってる人は？」

無邪気に口にされた質問に、私は答えを迷う。

識嶋さんの恋人役を演じるならば、と。

優花ちゃんは相馬先輩とつながりがあるし、下手なことを話しては伝わって混乱を招きかねない。

だから、ここでの正解を私は口にする。

「うん、いるよ」

友達にウソをついてしまった罪悪感に、胸が小さく痛んだ。

それでも、私は彼との約束を守らなければならない。

友人としても。彼への気持ちをもってしまったとしても。

どんな人なのか、どのくらい付き合っているのか。

結婚の予定はあるのか。

いろいろと聞かれたけれど、全て識嶋さんと事前に打ち合わせしたとおりの内容を答える。

ウソの話を楽しそうに聞いてくれる彼女の顔がまともに見られなくなって。

なんだかもう、昨日から頭も心もぐちゃぐちゃだ。

ストーカーのこともあるし、このままでは私の心が悲鳴を上げそうで。

手もとのアイスコーヒーのグラスに視線を落とせば、映し出された私の頬に結露が一筋流れて見えた。

まるで、代わりに涙するように。

やさしい手

街の電気が煌々《こうこう》と辺りを照らしている。

その中で、その隣で、その下で。人はそれぞれの日々を送っている。

昨日とは違う今日を。今日とは違う、明日をめざして。

変化を求める人にも、今を望む人にも、時は平等に訪れる。

私にも然《しか》り。

時間は皆と同じように流れ、今日も無事、大きな事件もなく残業をこなし帰宅した。

識嶋さんはまだ帰っていない。

あの夜から数日、私たちはどことなく気まずいまま。

顔を合わせても以前のように会話をすることはなく、用件だけ伝えて無難に受け答えるという日々が続いていた。

自室のベッドに腰かけて長いため息を吐く。

明日の金曜日を前に、体も心も疲れていてめげそうだ。ここは甘いものでパワーをチャージし、週末を乗り越えよう。

確か近所のコンビニには今話題のドーナツが売っているはずだ。新商品で売り出されてまだ日が浅いけれど、すごく人気で売り切れ続出らしい。

でも、まだ食べたことがないし探しに行ってみよう。

そう決めると、私は部屋着の上に薄手のパーカーを羽織って玄関を出た。

手には小さいコットン素材のカジュアルなバッグ。中には財布とスマホ、カードキーが押し込んである。

エントランスから出れば、湿気を含んだ暖かい風が私を出迎えた。

今は梅雨の真っ只中。湿気は肌にはやさしいけれど、髪の毛は纏まりにくい時期。今も、湿気で乱れるのを防ぐためにゆるくお団子を作り、完全にプライベートモードの恰好だ。

天気予報では今夜は時々雨とのこと。今は降っていないけど、降られる前にと足を踏み出した。

コンビニはタワーマンションを出て大きな道路を挟んだ向かい側にある。

徒歩で五分くらいの距離だ。

ドーナツを買ってすぐに戻れば、万が一雨に降られても大して濡れないはず。

それでもやや心配で、星のない夜空を見上げた時。

「……高梨？」

識嶋さんが、前方から歩いてこちらにやってきた。

リムジンを使って帰宅する彼は、いつもなら地下駐車場かマンション入り口の横にある車寄せのところから登場するはずなのに、何故か今日は道路の方から門をくぐってやってきたことに私は目を見張る。

「おかえりなさい」

「どこかに行くのか？」

「ちょっとコンビニに行こうかと。それより珍しいですね、徒歩で帰宅なんて」

「……これ、買ってきた」

識嶋さんは手に提げていた白いビニール袋を私に差し出した。

「なんですか？」

「お前のだ。早く受け取れ」

急かされ両手でビニール袋を受け取ると、中を覗いてみる。

すると。

「あ！」

私は喜びのあまり、思わず少し大きな声を上げてしまった。

けれど許してほしい、近所の方々。

なんせ、袋の中には私が今から買いに行こうとしていたドーナツが入っていたのだから。

しかも全種類だ。

「これ、そこのコンビニですか?」

「ああ、全て残りひとつだった」

その奇跡に私は心の中で神様に感謝する。

「ありがとうございます。でも、どうして急に?」

このドーナツを買ってくれたのはとてもうれしいけれど、その理由がわからずに首をかしげる。

すると、識嶋さんは私から視線を外して。

「これは、この前の詫びを——」

と、そこまで言いかけてから、彼は気を取り直すように頭を小さく振って。

「な、なんでもない。とにかく食べろ」

私の横を通り過ぎた。

お詫びというフレーズで思い当たるのはあの夜のこと。

気にしていてくれたのがうれしくて。

だけど、これで片づけられてしまうのかと思うと少し悲しい。

詫びが欲しいんじゃないと、今ここで識嶋さんを問い詰めるわけにもいかず、その勇気も出ず、私は笑顔を張り付ける。

「よかったら一緒に食べましょう」

過ぎたことは変えられない。

ならば、ふたりの関係を悪くしないように、いつもどおりにふるまうのが今は一番いい。

私の提案にエントランスへ入ろうとしていた彼の足が止まり、振り返る。

そして、私を見つめ、その唇がなにかを告げようと開かれた刹那。

「玲司さん」

聞き覚えのある女性の声が識嶋さんの名を呼んで。

彼の視線が私から、少し左にズレる。

「先日はありがとうございました」

私の後方から聞こえるソプラノに、鼓動が早まり始めた。

だって、この声は。

「どうしてここを？」

「こんな時間にごめんなさい。お住まいはあなたのお母様から聞きました」

この前、もうすぐ結婚するんだと教えてくれた子の声にとても似ているから。

まさかと思いつつも、どこかでもう確信している自分がいて。

だからこそ、息もできないほどに身じろぎひとつままならず。

「そうですか。それで俺に用件とは？」

「これを届けるようにと」

言って、彼女は歩き私の横を通り過ぎて。

識嶋さんに紙袋を渡すと、私を、振り返り。

「……美織、ちゃん」

名を、口にした。

まつげの長いかわいらしい瞳を驚きでいっぱいにして。

「……えっと、ここに住んでいるの？」

戸惑いがちに首をかしげた優花ちゃんは、探るような視線を私に送る。

けれど、私はいまだ固まったまま、答えることもできずに優花ちゃんを見つめ返すことしかできなくて。

だって、わからないのだ。
彼女がここにいるのは何故か。
識嶋さんとはどんな関係なのか。
私が今、取るべき対応はなにが正解なのか。
……いや、本当はひとつ思い当たる可能性がある。
けれど、そうであってほしくないという思いが、私の判断を鈍らせていた。
識嶋さんがふたりは知り合いなのかと声にして、優花ちゃんが「ええ」とうなずき、
私は、絞り出すように「はい」と、ようやくそれだけ声を発した。
そして、ほんの一瞬――。
『すまない』
識嶋さんの唇が音を出さずに動いて。
彼は、微笑みを優花ちゃんに向けると。
「そうでしたか。西園寺さん、彼女が以前話した俺の恋人です」
私を、恋人として紹介した。
物腰が柔らかくて、品がある子だとは感じていた。
きっと育ちがいいんだろう、と。

だけど、まさか彼女が識嶋さんの縁談相手だなんて。

「荷物、ありがとうございます。これからは自分で取りに行きますので、今後は断ってくださってけっこうですよ。母にも言っておきます」

他人行儀な笑みを浮かべ、識嶋さんは私へと歩み寄ると大きな手で私の肩を引き寄せる。

「美織、帰るぞ」

間近に迫った彼の香り、体温。

でも、今は私の鼓動の反応は鈍い。

初めて名前を呼ばれたのに、それさえも心に入ってこなくて。

「では、失礼」

識嶋さんに歩くように促されて、私は彼に肩を抱かれたままエントランスの中へと無理矢理歩みを進めた。

振り返ることもできず、彼女とまともに話すこともできないまま。

扉の向こうに、重く気まずい空気を残して。

西園寺 優花。

彼女は証券会社の会長の娘で、親戚にも官僚や社長といった職業の多い立派な家柄らしい。

自分の都合を優先してすまなかったと、識嶋さんは家に入るなり謝ってくれた。

正直、気にしないでくださいなんて気を使える心境ではなく、私はただ首を横に振るだけで答えて。

これからどうすればいいのかと、ぽつりとリビングに声を零した。

それに対して識嶋さんは「フォローを入れておくから、お前は今までどおり友人として接してみてくれ」と頼んできた。

今までどおりだなんて、そんな身勝手ではいられない。

とにかく、優花ちゃんと話し合わなければならないと思うけれど、識嶋さんとの約束に響かないようにしなければならない。難しい判断に、スマホを握ったまま悩んでしまう。

本当の事情を説明できればどんなに楽だろう。

どうして、ウソをつかなければならない相手が友人だったのか。

そればかりが頭を巡って。

結局その晩、私ができたのは【今度ゆっくり話がしたいです】というメッセージを送ることだけだった。

そして――。

識嶋ディレクターは婚約者がいるのに高梨と付き合っている。

その噂が制作局内で囁かれ始めたのは、優花ちゃんと鉢合わせしたあの日から一週間も経っていない頃だ。

どこからそんな話がまわったのかと眉をひそめる私に、識嶋さんは西園寺のご令嬢からだろうと予想を口にした。

縁談の話を知っているのはまだごく一部の人間のみで、当事者と身内以外では私しかいない。

そして、識嶋さんの恋人が〝高梨〟だと知っているのは彼女のみ。

だから、ほぼ彼女が意図的に社内に噂が流れるように仕向けた、と。

昨夜、自宅のリビングで識嶋さんの口から語られたそれを、私はなんともいえない気持ちで聞いていた。

優花ちゃんはそんなことをするような女性には見えない。

でも、悩んでいるか怒っているんだとは感じている。

理由は、私のメッセージに対して返信がないからだ。

けれど……だからといってわざと噂を流すようなことまでするだろうか。

そもそも、顔合わせをしただけで正式に婚約者にはなっていないのだ。

それは彼女だってわかって――いる、はずだけど。

優花ちゃんは、もうすぐ結婚するんだと言っていた。ならば、彼女は勘違いをしているのか。

……答えは否、だ。

だって、識嶋さんは彼女に言っていた。

私を、〝以前話した恋人〟だと紹介したのだ。

それとも、優花ちゃんにとって恋人なんて存在は眼中にはなく、家の為に別れて自分と結婚するのは当たり前くらいに考えているんだろうか。

そんな子には……見えないけれど、よく考えたら私はまだ優花ちゃんと友達になって間もない。

彼女の全てを知っているわけではないのだ。

だけど疑うのは嫌で、私はあまり深く考えるのをやめた。

誰が流したにしろ、それを知ったところで現状が変わるわけではない。

けれど幸いにも、麻衣ちゃんがほどよく張った声で『識嶋ディレクター、婚約者いたんですか?』と尋ねたことがあって。

その質問をぶつけられた識嶋さんが『いない』と答えたのを局内のみんなが聞いていたようで、質の悪い噂ということで変な騒ぎには発展していないのが現状だ。

意図していないとはいえ、気まずい空気を打ち消してくれた麻衣ちゃんには感謝。

ただ……。

『じゃあ、高梨さんと付き合ってるっていうのは?』

この質問を識嶋さんは相手にせず、『そんな話より』と仕事の話へとシフトさせた。

その為、婚約者はいないけど付き合っているのは本当なのではと、こちらに関しての噂はさらに広まりそうではある。

私にも直接聞いてくる社員が数人いたけれど、約束の件もあり否定することもできず曖昧にかわすしかない為、これがまた噂の広がりに拍車をかけているようだった。

今日も帰り際に経理部の人たちに噂の真偽を問われ、『識嶋さんの迷惑になると困るので』とどちらともとれる返事をしてエレベーターに逃げ込んだ。

そして今、私は久しぶりに識嶋さんの乗るリムジンを使わず、歩いて帰宅している。

今までは誰にも見られていなかったけど、噂が流れている今、下手に車を利用させてもらうのはよくない気がしたのだ。

なんせ私にはストーカーの問題がある。

彼の耳に噂が伝わっているのなら、識嶋さんのリムジンもマークしているかもしれない。

識嶋さんにはそのことを、会社を出る前にメールして伝えた。

危機感がないだとか文句を言われるとは思うけれど、今後どうするかは識嶋さんが帰宅したら相談させてもらおう。

そんなことを考えながら駅に向かっていたら、鞄の中でスマホが単調な着信音を奏でた。

誰からだろうと足を止め、道路の脇に寄って鞄に手を入れると、ディスプレイに表示されている名前は識嶋さん。

早速お叱りを受けるのだろうと心の準備をしつつスマホを耳に当てる。

「はい、高梨で――」

《お前は本物のバカだな》

電話越しのきつい言葉にやっぱりと思いつつ、私はまた足を動かした。

「すみません、バカです。でも、バカなりに考えて、とりあえず今日は歩いて帰ろうかと」

《ダメだ。戻って車に乗れ。なにかあったらどうする》

正直、こうして識嶋さんが心配してくれるのはすごうれしい。

想いを寄せている人が、自分を大切にしてくれている。

それは、とても幸せなことだ。

でも、それと同時に申し訳ない気持ちにもなる。

「なにかないように気をつけます。それに前よりも時間は早いし、彼が社内にいるとしても仕事の都合もあるでしょうし。今日くらいは」

大丈夫。

それは、根拠のないもの。

信じていれば悪いことにはならないという私の願い。

後ろ向きな考えよりも前向きでいたほうがきっといい結果を招くだろう。

そんな気持ちから識嶋さんに伝えたかった言葉。

けれど、それが声になる前に。

「……し、きしま、さん」

《なんだ》

私は気づいてしまった。

「あの……気のせいであってほしいんですけど」

以前と同じ状況に、自分が陥っていることに。

「足音が」

警戒しながら発した声は小さい。

でも、識嶋さんは聞き取ってくれたようで、真剣な声で《今どこにいる》と聞いてくれた。

「不動産屋の前です」

店舗の前を通過しながら答え、歩く速度を速める。

カッカッとヒールの音が辺りに響いて、私は周りに人がいないかと目を走らせた。

けれど、不幸にも私から見える範囲では、かなり前方にひとりサラリーマンが歩いているのが見えるのみ。

とりあえずその人のところまで走ろうかと思い至ったと同時、後ろにあった足音が別の方向へ走り去っていくのが聞こえた。

つまり、私の早とちりだったのだ。

「ごめんなさい、私の勘違いでした」

心から安堵し、アハハと苦笑する。

識嶋さんも笑ってくれればよかったけど、彼はさらに私を叱り付けた。

《勘違いするくらい怖がってるなら、つべこべ考えずに戻って乗れ》

「だけど、今後のことを考えたら動きやすいようにしておくべきだと思うんです」

識嶋さんも私も譲らず、幾度か押し問答を続けて。

危機は去ったと思っていたのが悪かったのかもしれない。

だって、気づけなかったのだ。

ビルの間に伸びる細く暗い道から、誰かが飛び出してきたことに。

声なんて上げる暇もなく、私は腕を掴まれ乱暴に引きずられる。

スマホは手から落ち、音を立てて道路に転がって。

膝やすねがコンクリートとの摩擦で痛みを感じた時、ようやく自分になにが起こっているのかを自覚した。

ついに〝彼〟に捕まってしまったのだ、と。

人気《ひとけ》なんてまったくない狭い路地で、私は手首を掴む相手を見上げた。

街灯がないせいか、それとも激しい恐ろしさのせいか。

相手の顔がうまく認識できず、私はただそこから逃れたくて必死に体を動かす。

けれど、恐怖に固まった身体はうまく反応してくれなくて、尻餅をついた体勢でわずかに後ずさるだけ。

猛獣に追われ、崖っぷちに立たされたような絶望を感じながら、助けを求めようと薄く唇を開く。

ひゅ、と息を吸ったけど、うまく呼吸ができないせいで声は出てくれない。

もう終わりだ。

私はここで殺されるのかもしれないと怯え、目を塞《ふさ》ぐことさえできないまま震えていたら――。

「僕が怖いんですか？」

愉しそうに尋ねられた。

その、声に。

「……ウソ……」

ずっと開かずにいた扉の鍵が開くような感覚と共に、私は自分の目を疑った。

さっきまでうまく認識できなかった相手の姿。

けれど、声を聞いた刹那、一気に見えたのだ。

それはきっと、知っているから。

〝彼〟が誰かを。

「あなただったの？　内山君……」

後輩の名を口にすれば、彼は唇ににたりと三日月のような笑みを浮かべた。

私の手首を掴む彼の力は強く、簡単には逃れられそうにもない。

しかも、よく見れば反対の手には、鈍く光る携帯用のステンレスナイフが握られていた。

「どうして……」

こんなことを、するのか。

それは声にならなかったけれど、内山君は感じ取ったようで、うっすらと笑みを浮かべながら話す。

「どうして？　だって、いつも笑顔で挨拶してくれるじゃないですか。好きだよって気持ち入りの挨拶」

けれど、彼から語られた答えに、私は眉根を寄せることしかできなかった。

確かに挨拶はしている。

笑顔だって意識してやっていた。

だけど、そこに特別な感情なんて込めたことは一度もない。

「僕が入社してすぐ、仕事で失敗した僕を慰めてくれた時、わかったんです。ああ、この人は僕をちゃんと見てくれてるって。僕の味方だって。僕を、想ってくれてるなって」

段々と、うっとりとした声色になり、私を見つめる瞳がどこか酔ったように細められる。

「そろそろちゃんと僕だけのものになりましょうよ。そして、みんなの前でハッキリさせるんだ。識嶋のボンクラ息子となんか付き合ってないって」

ねえ、高梨さん。震えるあなたも魅力的ですね。

心底愛しそうにつぶやき、恍惚とした表情で私を見つめる彼の顔が、ゆっくりと私との距離を詰めていく。

抵抗したくても、彼と彼が手にしたままのナイフが怖くて。

せめてと顎を引き、肩をすくめたその時――。

「コイツに触るな」

怒りに満ちた低い声が聞こえたと同時、内山君が背後から蹴り倒されナイフが地面を滑った。

そして、解放されたばかりの手首をまた強く掴まれて。

けれど、その手は私を乱暴にすることはなく。

「無事か、高梨」

私をかばうように広い背に隠した。

助けに、来てくれた。

識嶋さんが、来てくれた。

まだ恐怖は抜けておらず、心臓はパニックを起こして荒く打っているけれど、私はどうにか「はい」と声を発した。

すると、倒れていた内山君がぶつぶつと言いながら立ち上がって。

「ねえ、高梨さん。こんな乱暴な男より、僕のほうがあなたを幸せにできるよ」

すがるような、泣きそうな声で訴え始めた。

「認めない、あなたには僕がふさわしいんだ」

返事を求める様子はなく、自分の世界の中でひたすら自分の想いを吐く。

何度も何度も同じことを繰り返す内山君は、暗い瞳で識嶋さんの後ろにいる私を見つめていた。

様子を見ていた識嶋さんは、内山君が落としたナイフを拾い上げて刃をしまいながら彼を射抜くように睨む。

そして。

「別に認められなくてもけっこうだ。だが、そんなストーカー行為をしているお前こそふさわしくない」

堂々と言葉を放つと、それまで自分の世界に入り込んでいた内山君の肩がピクリと跳ねた。

「ストーカー？　僕は彼女を見守ってるんだよ」

理解不能。

わかり合うことも不可能。

彼の思考回路の異常さに、私は思わず識嶋さんのスーツの裾を強く握ってすがった。

「クズにはなにを言っても理解できないか」

「僕はクズじゃない……僕はクズじゃない！」

識嶋さんの言葉が癇《かん》に障ったのか、内山君は大きな声を出すといきなり識嶋さんに突進してくる。

けれど、襲いかかる内山君を識嶋さんは再び、長い足で蹴り倒し返り討ちにした。

「ありもしないコイツの気持ちを捻《ね》じ曲げて美化させてる暇があるなら、自分磨きでもするんだな」

アドバイスともとれるセリフは、痛みで体が痙攣《けいれん》して呻《うめ》いている内山君にはたぶん、残念ながら届いてはいないだろう。

とりあえず処分は明日だと告げ、識嶋さんは内山君を放置したまま私を振り返った。

「大丈夫か？」

てっきり怒られると思っていたけれど、そんな様子はなく。

識嶋さんは少し眉尻を下げて私を見つめた。

「擦り傷程度です。それより、ありがとうございました」

識嶋さんが来てくれなかったら、今頃どうなっていたか。

心から感謝し頭を下げると、識嶋さんは「携帯が落ちていてわかった」と教えてくれた。

どうやら彼は襲われそうになっている私を見つけ、反対側から回り込んで内山君を蹴り飛ばしたらしい。

「見つけてもらえて助かりました」

ようやく震えがおさまってくる中お礼を伝えると、識嶋さんは私から少し視線を外して。

「お前になにかあると、困るんだよ」

そう言って、照れ臭そうに手を差し出した。

「帰るぞ」

本当なら、この手は取ってはいけない。

ここは会社から近いし、多分、これから識嶋さんと共に車に乗るだろうから。

誰かに見られてはまずい。

わかってはいる、けど。

今は、今だけは、彼の手に触れたくて。

やさしい温もりが欲しくて。

心の弱い私は。

「……はい」

そっと、識嶋さんの手に自分の手を重ねた。

取るべき道

暴行罪で警察に身柄を拘束された内山君の自宅の壁には、私の写真がいくつも貼られていたと、担当の刑事さんから聞いた。

無言電話もメールも全て彼からだったことも明らかになって。

内山君が逮捕されてから三日。

ようやく私はストーカー被害によるストレスから解放されたのだった。

しかし、それはつまり——。

ついにやってきてしまったということだ。

識嶋さんとの生活が、終わる時が。

識嶋さんからはなにも言われていない。

出て行けとも、まだいていいとも。

なんの話もされていない。

それどころか、あれから忙しく、識嶋さんと顔を合わせるのは社内でだけだった。

そんな中。

「えっ、今週のですか？」

「そう。土曜がアイツの誕生日」

残業を終え、帰宅する為に鞄に資料の入ったファイルを差し込んでいたら、相馬先輩から思わぬ情報を入手した。

どうやら今週の土曜は識嶋さんの二十九歳の誕生日らしい。

もしかして、これは絶好のタイミングなのでは。

今回助けてもらったお礼に、居候させてもらったお礼。

それを込みでなにかプレゼントしお祝いするのだ。

思いついたら急に楽しくなってきた私は、帰路をたどりながらどうやってお祝いするかを考える。

識嶋さんと離れるのはとても残念だけど、彼と会えなくなるわけではない。

まだ恋人として役に立たなければならないだろうし……と、そこまで考えたところで私はあることに気づいた。

彼の恋人役を続けるのであれば、まだ居候させてもらっているほうがいいのではと。

優花ちゃんは私たちがマンションの中に入っていくのを見ているし、同棲中の設定のほうが識嶋さんにとって都合がいいのなら、出ていかないほうがいいかもしれない。

お祝いの時にでも識嶋さんに確認してみよう。

……いてくれと、言ってほしい。

そう願うのはワガママだろうか。それくらいは許されるだろうか。

彼と私は住む世界が違う。だから、歩む未来も違う。

結ばれることはないのだから……それくらいは。

駅から出て、キレイに整えられている閑散とした夜の広場を歩きながら、濃紺の空を見上げる。

誰とはなしに、許してくださいと心で請いながら。


『昼間は仕事があるが、日が暮れる頃には終わるだろう』

土曜日の予定を尋ねた私に、識嶋さんはそう返した。

どうやら彼は土曜日も仕事で出社するようで、その話しぶりだと自分の誕生日だということを忘れている可能性があって。

ならばサプライズにしようと『相談したいことがあるので、できれば早く帰ってきてください』とだけ伝えた。

出ていく話は、お祝いの後でいい。

もし居候の必要はないと言われてもいいように心の準備もしながら、今夜のメインである紅茶のシフォンケーキを焼く。

そのかたわら、ディナーの準備も進めていったのだけど……。

なにが原因なのか。ふわふわのシフォンケーキのはずが、焼き縮んで単なるスポンジケーキのようになってしまった。

もしかしたら水分が多かったのかもしれない。

焼き直そうかと考えたけれど、既に夕方。

そろそろ識嶋さんが帰宅してしまうだろう。

ならば買ってこようかと思い至ったけれど、まだディナーも作り終えておらず。

結局私はケーキを諦め、せめてしっかり夕食を食べてもらおうとフライパンを握りしめたのだった。

そして――。

午後六時を少し過ぎた頃、今日もスマートにスーツを着こなした識嶋さんが帰って来た。

テーブルにはがんばって作った料理たちが並ぶ。

ひき肉たっぷりのミートソースパスタにグレープフルーツのサラダ。

鯛のソテーと野菜のピクルス、ワインのおつまみにチーズを各種。

テーブルの中央にはお花を飾ってある。

リビングに入り、それらが乗ったダイニングテーブルを目にした識嶋さんは。

「……今日、村瀬さんは休みだったか？」

と、不思議そうに私を見つめた。

「違いますよ。私ががんばりました」

「ああ、ストーカーの件が片付いた祝いか」

「それも違います。識嶋さん、今日はなんの日でしょう」

投げられた質問に、識嶋さんはソファーに鞄を置きながら僅かに首をかしげる。

そして、少しの思案の後。

「……あ、誕生日か」

ようやく今日が自分の誕生日だということを思い出した。

「そうです。おめでとうございます、識嶋さん」

好きな人の誕生日。

少しだけおめかししようとお気に入りのフレアワンピースを着た私は、識嶋さんに座るように促して。

再び お祝いの言葉を紡ぐと、彼ははにかみながら「ありがとう」と声にした。

食事の最中、実はこれはストーカー解決のお礼と、居候させてもらったお礼でもあると告げ、感謝の言葉を口にする。

けれど識嶋さんは、別に礼はいらないと言って、鯛のソテーにナイフを入れた。

そして、続ける。

「それに、ここにはまだいてもらわないとならない。だからそっちの礼は必要ない」

まだ、いなければならない。

ここに来た頃の私なら、早く帰りたいと愚痴をこぼしたであろうその言葉。

けれど、今の私にとっては、思わず頬が緩んでしまうほどのうれしい言葉だ。

うつむいて、にやけそうな顔を隠しながら問いかける。

「それは、婚約回避の件でですか？」

多分そうだとはわかっているけれど、一応確認。

答えは『そうだ』と言うのがわかっていながらの質問、だったのだけど。

「……まあ、それもある」

別の意図もあるような素振りで答えた識嶋さん。

それはいったいなんなのか。

もしかしてなにか追加でもされるのだろうかと、再び問いかけようと顔を上げれば、識嶋さんは慌てて私から視線を外した。

「うまいな、この鯛のソテー」

まるで話題を変えるようにそう口にして、彼はルビーのように赤いワインを一気に飲み干す。

そして、すぐにおかわりの分を注いで、またワインに口をつけた。

私は決して勘がいいほうではないけれど、これまでの識嶋さんの言動を思い返してみれば、もしかしたらと思わないわけではない。

むしろ、そうであればすごくうれしい。

でも、勘違いの可能性はゼロじゃない。

違った場合は自惚《うぬぼ》れにもほどがあるわけだけど……正解だったとしても、切ない結末を迎えるのだ。

彼は近い将来、会社の為に意味のある結婚をする。

私は意味のある存在ではない。

想いが叶っても、いつかは離れなければいけないのなら。

それなら、私が取るべき道はひとつだ。

識嶋さんに気づかれないように息を深く吸い込んでから笑顔を作る。

「実は、ケーキも焼いたんですけど失敗しちゃって」

この空気を壊して、いつもの私たちに戻すのだ。

私の中にある彼を想う気持ちは、告げてはいけない。

鍵をかけて、幾重にもかけて、間違っても識嶋さんに見せないように。

ただ静かに、想いを抱く。

つらくても、悲しくても、想いがいつか昇華されるまで。

「味は問題ないと思うんですけど、食べますか？」

尋ねながら立ち上がり、シフォンケーキを取り出そうと冷蔵庫をあける。

すると、識嶋さんはワイングラスをテーブルに置いて。

「お前が作ったものならまずくても食べてやる」

相変わらずの上から目線で、彼らしくない返事をした。

いつもなら、仕方ないからまずくても、なんて言いそうなのに。

もしかしたらワインが効いてるのかもしれないと、カットしたシフォンケーキを白いお皿に乗せながら考える。

だからうっかり素直に口に出してしまったのだと思うと、少しおかしくて心に余裕が生まれた。

「はい、どうぞ」

生クリームを添えたケーキを彼の前に置くと、私は自分の分のケーキを用意してまた彼の向かいに座る。

「役に立てることがあるなら言ってくださいね。識嶋さんのほうも解決するまで協力しますから」

言って、フォークを手にした時。

「……解決したら、戻るのか？」

自分の家に。

そう続けた彼は、手もとのケーキと私の間でゆるゆると視線を彷徨わせる。

「もともとその予定でしたよね」

微笑みを浮かべて答えながらも、心に抱えるのは別の想い。

引き留めてほしい、だなんて。

さっきの決意が識嶋さんを前にするとこんなにも簡単に揺らいでしまう。

いつもの空気感を意識したはずなのに、気づけばまた生まれている危うい雰囲気。

目が合えば、どちらからともなく視線を逸らして、ケーキを食べたりワインで喉を潤したり。

幾度かそれを繰り返したところで、識嶋さんが小さな音と共にフォークをお皿に置けば。

「行くなと……言ったらどうする。そばにいてほしいと、もしも俺がそう言ったら」

まっすぐに、私を見つめて。

どうする、と問いかけてきた。

ずるい。

さっきまでの態度から一変させて、強く真剣な眼差しを向けるなんて。

でも、だからこそ冗談じゃないのがわかって、今すぐ彼の腕の中に飛び込んでしまいたいくらいうれしい。

けれど、そうしてはならないから。

「います。友人ですもん。困っているなら」

遠慮なく頼ってください。

続くはずの言葉は、識嶋さんの強い声に遮られる。

「そうじゃない」

そうじゃないんだよ、と掠れるような声を零して。

彼は切なそうに眉根を寄せた。

そして――。

「ごちそうさま」

困ったような笑みを残して席を立つと、彼はまだ明かりの灯っていない自室へと消えた。

ひとり見送った私は、密やかに唇を動かす。

「……」

音にせず、告げた想いは識嶋さんには届かない。

届くことは、ない。

第四章

本音

御曹司なら、さぞかし盛大なバースデーパーティーを開くんだろう。

洋風の豪華な家を囲む広大な庭に敷き詰められた芝生の上には、真っ白なテーブルクロスがかけられたテーブルがいくつも並んで。

皺《しわ》ひとつないそのシーツに乗るのは、贅《ぜい》を尽くした料理たち。

ゲストは全員格式高い人たちで、身を包むスーツやドレスも当然上品で質がいい。

その中で、識嶋さんが物怖《ものお》じせず堂々と立っていることは想像に難くない。

けれど、私の想像に反して。

『アイツは昔から派手なことが好きじゃないらしくてなー』

識嶋さんは好んでパーティーを開いたりはしないのだと、先日社内で会った社長から聞かされた。

彼の誕生日から一週間。

私たちは少しぎこちなくはあったけれど、今までどおりに接しながら過ごしている。

その中で、パーティーを催すような気配を微塵も感じなかったので、それとなく尋ねたのだけど、続く社長の話では、識嶋さんは高校卒業し渡米してからは毎年身内で祝う程度だったらしい。

どうりで自分の誕生日を忘れるわけだと納得した私だったけど、派手なことは嫌いとは言っても会社が絡むと拒否はできないようで。

「高梨、ドレスはもってるか？」

「なんですか、いきなり」

「西園寺が主催する社交パーティーに出席することになったんだよ」

これから出社だというのに、識嶋さんはリビングのソファーにもたれながら、すでに疲れたような表情を見せつつパーティーに呼ばれていることを語った。

ダイニングテーブルで朝食のスクランブルエッグをつつきながら考える。

パーティーに行くのは、彼にとって少々面倒な仕事のようなものだとしても。

「どうして私のドレスが必要なんですか。まさか女装でもするん——」

「そんなわけないだろう。バカかお前は」

軽い冗談だったのだけど、全力で否定されたかと思えば。

「お前も出席するんだよ。俺の恋人として」

全力で逃げたくなるようなことを識嶋さんが口にした。

資産家が多く集まるパーティーに、しかも西園寺家の主催なんて、苦行すぎる！

けれど、恋人役を約束した以上、私が断ることは許されない。

朝食どころではなくなった私は、フォークを置いて。

「いつですか？」

「明日の夜だ」

「ドレスなんてもってません。無理です」

許されないとわかっていても、逃げたい気持ちがうっかり本音を口にさせる。

もちろん識嶋さんがそれで納得するわけもなく。

「今から準備させる」

彼はソファーに腰を下ろしたまま足を組み直し、スマホを耳に当てた。

きっと誰かにドレスを用意するように頼むのだろうが、朝日の差し込む明るいリビングで私は最後の抵抗を試みる。

「心の準備が間に合いません！」

しかし——。

「間に合わせろ」

まるで仕事の納期を言い渡すように、冷酷な態度で彼は言った。

正直、誕生日の時のような危うい雰囲気になるのも困るけど、こんなきつい注文を受けるのもつらい。

それにしても、識嶋さんは縁談に関することになると、私に厳しくなる気がする。

いや、婚約回避を望んでいるのだから、協力するのは当然と言われれば当然なんだけど。

それでも……その、私の勘違いでない気持ちを彼が持っているんだとしたら、少し容赦がないというか。

……やっぱり、私の勘違いなんだろうか。

識嶋さんは別に私のことを……とかではなくて、特別は特別でも友人として必要としてくれているだけ、なの？

時間が経てば経つほどなにが本当なのかわからず、感じたものが気のせいだったのではと思えてきて。

思わず深い息を吐き出しそうになって堪えた。

とにかく、今は余計なことを考えずに会社に向かおう。

そして、来るべき明日に備えよう。

心に決めると、私はぬるくなったコーヒーを飲み干してから立ち上がったのだった。

——パーティー当日、夜。

「両親と西園寺夫妻には、お前を連れていくと伝えてある」

有名ブランドのブラックスーツに身を包んだ識嶋さんに言われて、リムジンの中で私は身を固くした。

覚悟はしてきたけれど、緊張の糸はずっとほぐれることなく今に至っていて。

識嶋さんが手配してくれたバックリボンのついた光沢感のあるネイビーのフレアドレスはとても素敵でサイズだってちょうどいいはずなのに、心に余裕がないせいか窮屈な感じがして仕方なかった。

向かい側のシートに腰を沈めている識嶋さんの顔には緊張の欠片も見られない。

その鉄のハートを今だけ貸してもらいたいくらいだ。

やがて車は英国風の大きな屋敷の前で停まった。

黒い重厚感のある鉄の門前には黒服の男性が数人立っていて、招待客のチェックをしている。

運転手さんが後部座席の扉をあけると、まずは識嶋さんが降りて。

「大丈夫だ。俺がサポートする。お前はお前らしく、堂々としていろ」

言いながら、眉を曇らせていた私に向かって手を差し出す。

彼の頼りになる言葉に、まだ少し緊張の面持ちでうなずきながら彼の手に自分の手を乗せ、六センチヒールのパンプスで一歩踏み出した。

エスコートされ、白を基調とした気品のある洋館の中へと入っていく。

前室であるサロン内には豪華な王朝様式の家具が並んでいて、ゲストがそれぞれに談笑を交わしていた。

その中には若い女性も数人いて、識嶋さんに気づくと目を奪われたように見つめる。

けれど、私の存在に気づき、話しかけてきたりはしなかった。

……いや、私がいなくても識嶋さんに話しかけたら、そのそっけなく冷たい態度に数秒で彼女たちは散って、遠くで見つめるのみとなるだろう。

会社での識嶋さんを思い出し、そんな風に考えたら少しだけ気持ちが緩む。

このまま場の雰囲気に呑まれないようにと、私は自分の腰に軽く手を添えて誘導しながら歩く彼に話しかけた。

「識嶋さんって、卒業式で制服のボタンをもらいたくても、近寄りにくいタイプですよね」

彼は突然なんだ?とこぼしつつも、私の相手をしてくれる。

「全部もっていかれたが」

「ボタン全部ですか。勇気出した子がたくさん――」

「校章とブレザーと、あと鞄もか」

「ブレザーと鞄も⁉」

淡々と思い出しながら語る識嶋さんに、驚いて勢いよく見上げると彼は話を続けた。

「生徒会の女生徒からボタンをくれと言われて、了承したら群がられたんだ」

ああ……きっと女の子たちは周りで識嶋さんの様子をうかがってたんだろう。

そしてチャンスが到来したものだから逃すものかと一斉に飛びついた。

けれどボタンの数には限りがある。

その結果、勢いでボタン以外のものももっていかれた、と。

「モテモテですね」

「あれで女が苦手になった」

識嶋さんが漏らした本音に、私は小さく肩を揺らして笑った。

だから寄って来る女性に対してそっけないのかと納得しながら。

笑う私を見て、識嶋さんは少し不服そうに眉根を寄せたけど、昔からモテモテだったんだなと感心する。

そして着いた部屋は、天井に大きなステンドグラスが飾られたメイン会場だ。

多くのゲストがここに集まっていて、一気に華やかさが増す。

ここから中庭にもつながっているようで、開放的な造りになっていた。

生バンドが奏でる優雅な曲を聴き、グラスを片手に笑顔を交わし合う人々の中にはテレビで見たことのある有名人の姿もある。

今日はここに優花ちゃんも来ているのかと、不安をもちつつ視線を巡らせてみたその時。

「母がいる。行くぞ」

識嶋さんの言葉に心臓が跳ねた。

心なしか彼の表情が固くなった気がして、私はごくりと喉を鳴らす。

識嶋さんに縁談の話をもってきた張本人だ。

きっと私の存在を疎《うと》ましく思っているだろう。

うまく対応できるか心配ではあるけれど、識嶋さんの為にも切り抜けなくては。

……そうだ、仕事だ。仕事だと思えば気も楽になる。

私は、これからクライアントのボスと会うのだ。

無理矢理暗示をかけるように、大きく息を吸って吐き出す。

そんな私の様子に気づいた識嶋さんは、小さく笑うとガーデンスペースへ向かう。

そして彼は、背中の大きく開いた黒いロングドレスを身に纏う女性に声をかけた。

「母さん」

呼ばれた女性――識嶋さんのお母様がゆっくりと振り返る。

佇まいは美しく、識嶋さんに似た切れ長の瞳はメイクによってどこか妖艶な雰囲気を醸し出していて。

まるで大女優のような貫禄に私がたじろいだのと同時。

「おー、美織ちゃん」

人懐こい笑みを浮かべた社長が、識嶋さんのお母様の隣に立った。

「玲司と一緒ってことは、もしかするともしかするのか？」

驚くというより期待に満ちた顔で、私と識嶋さんを交互に見る。

その横でしばらく私の様子をうかがっていた識嶋さんのお母様が、赤い口紅を引いた唇を開いた。

「玲司、こちらのお嬢さんがあなたの言っていた恋人？」

少し低いけれど落ち着きのあるその声に識嶋さんがうなずいたところで私はお辞儀をする。

「はじめまして。高梨美織と申します」

余計なことは語らず、自己紹介だけして頭を上げれば、社長が「そうかそうか」と笑って。

「やー、美織ちゃんなら安心して息子を任せられる」

喜びながら識嶋さんの肩を軽く叩いた。

けれど、お母様のほうはやはり認められないのか笑みを浮かべることはなく。

流れる微妙な空気をどうしたものかと考えていたら。

「これは識嶋社長。いらしていただけてうれしいですよ。夫人も、ありがとうございます」

髭をたくわえたダンディな男性が識嶋社長に頭を下げた。

年は識嶋社長と同じくらいだろうか。

と、そこまで観察したところでハタと気づく。

いらしていただけて、ということは。

私が隣に立つ識嶋さんを見上げると、視線に気づいた彼はうなずいた。

どうやら正解らしい。

この男性が。

「玲司さんも、またまたお目にかかれて光栄です。それで、こちらの方が？」

「ええ、西園寺社長。彼女が恋人の美織です」

そう、優花ちゃんのお父さんである西園寺社長だ。

私は必死に緊張を隠して笑みを作ると、先ほどと同じように名乗り挨拶をする。

そうすれば西園寺社長は穏やかな笑みを浮かべて。

「なかなかにかわいらしい方ですな。して、どちらのご令嬢で?」

私の素性を尋ねた。

識嶋さんは私らしく堂々と、と言ってくれていたけれど、ここはどう答えるのが正解なのか。

迷い、呼吸を止めた直後――。

「彼女の家柄を聞いてどうするんですか?」

識嶋さんが、半歩ほど私より前に出て言った。

声色は至って冷静。

けれど、西園寺社長を見るその瞳はどこか相手を威圧するような強さを秘めていた。

西園寺社長もそれを感じているようだけど、負けてはおらず。

「いや、うちの娘との話を断るなら、それ相当の方だろう。ならばきちんと挨拶をしないといけませんからね」

嫌味ともとれるような言葉を返した。

これは識嶋さんも気に入らなかったようで、僅かに目を細める。

「俺が選んだ女性に問題があると仰るので？」

さすがにあるとは言えないのだろう。

西園寺社長が「い、いや」と言葉を濁せば。

「まあまあ、惚気《のろけ》は勘弁してくれ。それより、いい話がありましてなー。あちらでどうです？」

識嶋社長が明るい雰囲気でフォローを入れてくれた。

「さ、お前も行くぞ」

識嶋さんのお母様にも声をかけた社長は、私たちにまたなと軽く手を挙げる。

私は急ぎ頭を下げて、識嶋さんと共に三人を見送った。

どうにか切り抜けられて、ようやく肩の力を抜いた私は思わず「助かった……」とこぼしてしまう。

すると、識嶋さんは何故か不服そうに私を横目で睨《にら》んで。

「俺だけでもお前をフォローできた」

助けられたことを認めたくないのか、そう口にした。

「なんで睨むんですか」

「……別に。俺は少し挨拶に行ってくる」

答える気はないらしく、私の返事も待たずに識嶋さんは挨拶回りに出てしまう。

残された私は、緊張のせいでカラカラになっていた喉を潤すべく水分を求めることにした。

ドリンクコーナーにいるはずのスタッフは出払っているのか不在。

白いシーツの上に並ぶ飲み物の種類を尋ねたかったけれど、仕方ないのでとりあえず目についた麦茶の注がれたグラスを手に取る。

そして、一気に飲み干して――。

「んっ、けほっ！」

むせた。

麦茶だと思ったそれは麦茶ではなく、ウイスキーだったらしい。

喉がカッと熱をもち、次いで胃も熱くなる。

飲みなれない強いお酒に、これはいけないと冷静でいられたのは最初だけ。

私の体はあっという間にアルコールに支配され、目に映るもの全てを歪ませた。

自分がまともに立てているのかさえ不明瞭。

とにかく壁際に寄り、手をついてふらつく体を支える。

まずい、と。無意識に唇から声があふれた時、挨拶を済ませたのか識嶋さんが私の隣に立った。

「具合でも悪いのか？」

私の顔を覗き込むようにした彼に頭を振る。

「間違って、お酒を飲んでしまって」

うっかりすると呂律《ろれつ》が回らなくなりそうな中、どうにか説明すると、識嶋さんは呆れたようにため息をひとつ吐き出して。

「仕方のない女だな。ほら、来い」

私の肩を抱くと、ガーデンスペースのはずれにあるテラスへと誘導した。

人気はなく、パーティーの喧騒《けんそう》を少し遠くに聞きながら、私たちは白いベンチに並んで腰かける。

「大丈夫か？」

「大丈夫、です」

左隣に座る彼に答えてみるも、大丈夫そうに見えないのだろう。

識嶋さんは「これ以上は面倒になるから少し休んだら帰るぞ」と言った。

どうやら、恋人の酔っぱらった姿を西園寺社長に見られて難癖をつけられると予想したようだ。

「すみません、麦茶のせいで」

「麦茶じゃなくて酒だろう。まったく、そもそも酒に弱いならもっと気をつけるべきなんだ」

彼の指摘はごもっとも。

本来なら平謝りするところだけど、この件に関しては違うのだ。

お酒により気持ちが大きくなっている私は、つい言い返してしまう。

「それはこっちのセリフですよー。泥酔して帰って来たかと思えば、押し倒してくれたのはどこの誰で、すか……」

声が尻すぼんでしまったのは、気持ち悪くなったせいではない。

隣に座る識嶋さんの顔が、真っ赤になっていたからだ。

「識嶋さん、お酒飲みました？」

「……飲んでない」

「でも、顔が赤く見えます」

「これはお前のせい……いや、もとはといえば俺が原因か……」

額に手を当てた識嶋さんは、耳まで赤くしている。

言い返されるかなって思ってたのに、まさかの反応。

でも、ちょっとかわいいななんて思ってしまって。

「ふふっ」

思わず笑ってしまう。

「笑うな」

「ごめんなさい。……ふふっ」

お酒のせいか、どうしても笑みがこぼれてしまう私に、識嶋さんは照れながら軽く舌打ちをして。

「お前といると、調子が狂う」

そう、悔しそうに愚痴を漏らしたかと思えば。

識嶋さんの右手が、突然私の後頭部に添えられて。

なにも、声にできず。

なにも、考える間もなく。

彼の体温の低い唇が、私の唇に重なった。

数秒触れて、ゆっくりと距離ができて。

「……これは、お仕置きかなにかですか？」

それでもまだ吐息が触れ合う距離の中、問えば。

「……違う」

囁くような声に、酔いが覚めた気がした。

お仕置きでもなく、勘違いでもないのなら。

この行為を、認めてはならない。

私たちの関係を、進めてはならない。

私は識嶋さんから逃れるように彼の胸板を押すが、お酒のせいでうまく力が出ない。

それればかりか、逆に腕を引かれて彼に抱き締められてしまった。

識嶋さんがこんな風になるなんて、あの夜以来だ。

やっぱり識嶋さん、お酒飲んでるんじゃないのかな。

それなら、ふたりでお酒のせいにして、今だけはこのままでいてもいいかな。

抵抗する力を弱め、彼の胸に頬を寄せる。

トクトクと少し早い心臓の音に瞳を閉じれば、私の鼓動も同じように速度を上げていた。

——と、その時。

ふとなにかの気配を感じて。

識嶋さんの肩越しに視線をやった瞬間、私は目を見開いた。

ベビーピンクのドレスはとても愛らしくて彼女にはよく似合っているけれど、その瞳の色は驚くほどに冷たくて。

「し、きしまさん、優花ちゃんが……見てます」

いくら恋人設定があるとはいえ、人前では恥ずかしいし彼女にもよくないと思い、彼の腕の中から出ようと身じろぐ。

けれど——。

「好都合だ」

しばらくこのままでいてくれ。

識嶋さんはそう口にすると、私をまた抱き締め直す。

恋人なのだと、わざと見せておくつもりなんだろう。

それなら、こちらからも抱き締め返さないと優花ちゃんが変に思うのではないかと酔った頭で考え至り、私は彼の背中にそっと腕を回した。

刹那、識嶋さんが息を呑む気配がして。

抱き締めている腕の力が緩まったかと思えば。

「……美織」

掠れた声で、名前を呼んで。

視界が、識嶋さんで満たされて。

熱い吐息が、唇に触れる。

「好き、だ」

甘い囁きが耳に届き、識嶋さんは、私の中に残る戸惑いや不安を攫《さら》うように、再び唇を重ね合わせた。

彼の言葉を、意味を、どう受け取ればいいのかわからず、ただひたすらに熱さを増していく唇を唇で受け止めて。

わかるのは……もう、友人という間柄には戻れないところまできてしまったということと……。

このまま全てを捨てて、彼のものになりたいという身勝手な私の本音だけだった。

追いかける声

一日に流れるテレビCMの回数はおよそ四千回以上とも言われる。

その中で、見た人の心に残るCMを作るというのは至難の業。

最近ではインターネット上での広告も盛んになり、私たちのような広告制作プロダクションのメンバーは毎日さまざまな新しいアイデアを生み出すことに必死だ。

忙しい時は余計なことなんて考える暇もなく、頭の中は常に企画案件のことでいっぱい……なのが、いつもの私なんだけど……。

キスをしてからの数日、私の頭の中は識嶋さんのことでいっぱいになっていた。

あの後、気づけば優花ちゃんの姿はなかった。

識嶋さんにも連絡はないようで、私がパーティーに出席した効果があったのかどうかは不明なのが現状だ。

そして……キスをしてからの識嶋さんはというと。

「高梨、待て」

「……識嶋さん。お疲れ様です」

いる。


「帰るなら車を使え」

「もう大丈夫ですってば。彼のことは終わったんですし」

「だが時間も遅い。お前になにかあったら困るんだよ」

以前よりも過保護気味に接するようになっていて、ますます私の胸中をかき回して
いる。


彼の本心を聞きたくて。でも、聞いたところで進んでいいわけでもなく。

たとえ進んだとしても、やがて訪れる別れに傷つくのも怖くて。

「本当に大丈夫ですから。先に帰って待ってますね」

「……わかった。気をつけろよ」

うれしいのに、呼吸がしづらいくらいに苦しい。

そして、恋人のフリだけならそこまでしてもらう必要はないと跳ね返せない私の狡《ずる》さに、自分で辟易《へきえき》する。

廊下まで追ってきてくれた彼にお疲れさまでしたと挨拶をし、エレベーターに乗り込んで。

降下していくエレベーターの液晶の数字を見つめながら、唇をきつく横に結ぶ。

どうしたらいいのか、どうしたいのか。

もう、自分でもよくわからなくなっている。

だけど、識嶋さんへの想いだけは日に日に膨らんでいくのは嫌でもわかって。

彼が一社員ならよかったなんて、考えても仕方のないことが頭をよぎる。

そうであったなら、手をつないで、抱き締め合って、唇を重ねて共に眠りにつけるのに。

名前を呼び合い、当たり前のように一緒にいられたらどんなに幸せか。

会社を出て、叶うことのないもしものふたりを想像しながら、まだ識嶋さんの残るシキシマのオフィスビルを見上げた時だった。

人影が、振り返った私から隠れるように路地に入ったのが見えて。

「……そんな、わけないよね」

長く付きまとっていた内山君の存在を思い出し、身を固くする。

彼がここにいるわけはないのだ。

まだ警察に捕まっているのだから。

けれど、今見たものがあまりにも不自然な動きをしていて。

……もしかして、釈放された？

浮かんだ可能性に、襲われた際の恐怖がよみがえり身震いする。

本当に内山君なのか。

確かめたくても怖くて到底できそうにない私は、足早にその場を離れ駅へと向かう。

大丈夫。勘違いだ。

識嶋さんが心配するから、変に敏感になっているだけ。

彼が帰ってきたら文句を言わせてもらおう。

恐れを振り払うように気を強くもち、私は何事もなくタワーマンションにたどり着いた。

そして、部屋に入ると張っていた気を一気に緩めてベッドに腰を下ろす。

あれから誰かの気配を感じるようなことはなかった。

やはり気のせいだったのだろう。

たまたまそんな風に見えただけだと胸をなでおろし、洗面所の鏡の前に立つとメイクを落として肌への負担を軽くする。

疲れや不安も一緒に落とそうと、そのまま入浴も済ませて。

村瀬さんの手料理に舌鼓を打った後は、リビングで識嶋さんの帰りを待つ。

テレビを点けて、ちゃんと見ていたのは最初の十分だけ。

ソファーの上で膝を抱え、着心地のいいギンガムチェックのルームウェアに身を包んだ私の頭の中に今あるのは、パーティーの夜のこと。

識嶋さんと、キスをしたこと。

どこまでがフリで、どこまでフリじゃないのか。

キスをされたのは、優花ちゃんが見ていることを知る前で、好きだという囁きを受けたのは、優花ちゃんの視線を感じてから。

それなら、キスは識嶋さんの意思で、言葉は……演技？

『……これは、お仕置きかなにかですか？』

『……違う』

あの時のやり取りと反応、今までの言動と最近の態度を思い起こしてみる。

恋人という設定が不透明なフィルターをかけてはいるけれど、まじめな彼の性格を考慮してシンプルに考えてみれば、やっぱり〝もしかしたら〟と思えるわけで。

そうであれば、すごくすごくうれしい。

でも、そうであるならば、私は気づかない振りをしなければならない。

知らない振りをして、全てが終わったらここを出て行く。

それで私たちはただの上司と部下になるのだ。

想像しただけで痛む胸。

切なく苦しい疼《うず》きに大きく息を吸い込むと同時、玄関から物音がして。

「まだ起きていたのか」

識嶋さんが帰ってきた。

彼は「お帰りなさい」と口にした私を見て軽く首をかしげる。

「なにかあったのか？」

「……どうしてですか？」

「いつもの間抜けな顔に元気がないように見える」

……ひと言余計だけど、要はさっきまでの思考を引きずっていて顔に出ていたということだろう。

すぐ顔に出しちゃう癖、直さないと。

でないと、いつか気づかれてしまうだろう。

私の、彼への気持ちに。

「元気がないんじゃなくて、困ってたんです。識嶋さんのせいですよ」

「俺？」

「識嶋さんが心配するから、勘違いしたんです」

気落ちしていた理由を文句にすり替えて帰宅時にあったことを説明する。

私も気にしてしまうから、今後は過度な心配は無用だと伝えてこの話は終わるはずだった。

けれど、予定どおりにはいかず。

「確認はしたのか？」

「しませんよ。怖いし、なにより勘違いでしょうし」

「わかった。内山のことは確認させておく。あと、別の人物の可能性も否定できないから、やはりしばらくは車を使え」

逆に識嶋さんの心配を深めてしまった。

「だ、大丈夫ですよ！」

「そう言って襲われたのはどこのなんて名前の女だったか」

睨みつけられて私は言葉を詰まらせる。

確かに、それを言われたら弱いんだけど。

でも、内山君は捕まった。

他にストーカーがいるなんてそうそうあり得ることじゃない。

「車が目立つから嫌だと言うなら、俺が自分の車で送迎する」

それなら問題ないだろうと言いながら、彼は鞄をソファーの上に置くとネクタイを緩めた。

　確かにあの白いリムジンは目立つけれど、問題はそこじゃない。

　もう内山君のことは落ち着いたし、なにより識嶋さんによくしてもらうような関係ではないのだ。

　互いの気持ちが、つながっていたとしても。

「そこまではしてもらえません。識嶋さんも忙しいだろうし、無理して仕事に支障が出ても――」

「支障は出さない。忙しくても、無理してでも、お前を優先する」

「なに、言って……」

　ひどい、殺し文句だ。

　好きな人にそんなこと言われて、喜ばない人がどこにいるだろう。

　でも、ここで折れるわけにはいかず、私は口もとに笑みを浮かべた。

「恋人設定があるからって、そこまでする意味がわかりません」

　それは、突き放すつもりの言葉だった。

　でも、彼は一瞬だけ眉を寄せてから。

「お前は警戒心はないし抜けてる女だが、バカじゃない。だから、本当は気付いてるはずだ」

なにがですか、とは聞けない。

彼の言うとおり、私は気付いているから。

確信はないけれど、こんな会話をしていれば気付ける。

だけど、首を縦に振るわけにはいかない。

「……やめてください。この話はもう終わりにしましょうよ」

識嶋さん、あなただって気づいてたはず。

私が意図して雰囲気を変えたり、話を逸らそうとしているのを。

今までそれに乗ってくれていたことだってあったはずだ。

それなのに。

「俺が酔った時も、パーティーの夜も、抵抗しなかったのは何故だ」

今日に限ってそれを許してくれないのは、きっと私と本気で向き合おうとしているから。

「高梨、答えてくれ」

何故って、そんなの識嶋さんだから。

私の気持ちがあなたにあるから。

そう叫びたいのを堪えて、私は唇を引き結ぶと彼のまっすぐな瞳から逃れるように視線を外した。

「理由なんてないです」

「……なら、質問を変える。お前にとって俺はなんだ？　恋人役を押し付けたただの上司か？」

「言ったじゃないですか。友達だって」

ひとつ間違えれば想いを口にしかねない空気に流されまいと、私はあえて笑みを浮かべて彼を見つめる。

そして、ソファーから立ち上がる。

このままここにいたら戻れなくなりそうだから、部屋に戻ろうと思ったのだ。

けれど……。

「俺は、違う。もう違うんだよ」

腕を掴まれて。

「好きだ」

私の体を自分へと引き寄せ、その細く逞《たくま》しい腕の中に閉じ込めた。

お仕置きだとか、恋人役だからとか、そんな言葉でごまかしきれそうにないほどの真剣な声と想いに、私は身動きがとれなくなる。

「お前が好きだよ。高梨」

〝美織〟ではなく、いつもの苗字で呼ばれて、ますます本気なのだと思い知らされてしまって。

逃げ道を塞《ふさ》がれてしまった私は、きつくまぶたを閉じた。

識嶋さんの想いに甘えないように、と。

彼の指が私の顎に触れて、上を向かされる。

交差するまなざしは、わずかに甘さを滲ませていて。

識嶋さんの整った顔が、あの煌《きら》びやかな夜のように迫ってきた刹那――。

脳裏によみがえる優花ちゃんの冷めた視線。

「……ダメ、です」

言って、彼の唇が触れる前にうつむいて逃れた。

「私じゃ、ダメなんです」

「なにがダメなんだ」

「私は平凡な女だから、あなたの邪魔になる」

彼の胸をそっと押せば、意外にも難なく彼の腕から解放されて。

「明日、出て行きますね。自分の家に戻ります」

宣言し、一歩後退すると、戸惑い瞳を揺らす識嶋さんに頭を下げる。

「おやすみなさい」

無理矢理終わらせて、リビングを後にしようとする私を識嶋さんの「待て」という苦し気な声が止めようとした。

けれども私は足を止めず、振り返らず、ドアノブに手をかけて。

後ろから追いかける声を遮断するように扉を閉めた。

心が軋《きし》む音を聞きながら。

私の帰る場所

——ぽたり。

葉から雨粒が滑り落ちた。

朝から降っていた雨はやみ、夜のお台場は雨上がりの湿っぽい匂いに包まれている。

ところどころにできている薄い水溜りを避けながら帰路をたどる私は、肩から下がる鞄をかけ直すと息を吐いた。

今日は、心ここにあらずという言葉がぴったりの一日だった。

社内で識嶋さんと顔を合わせることは何度かあったけれど、目を合わせることはできなくて。

うっかり視線がぶつかりそうになると、顔を背けてみたり。

自分からわざと避けるようにしてるくせに、気づけば目は識嶋さんを探していて。

一日中、彼のことが気になって仕方なかった。

仕事でミスをしなかったのは幸いだろう。

そして、定時で上がれたのもまた幸いだ。

昨日、出て行くと識嶋さんに伝えたとおり、私はこれから彼の家に最後の帰宅をし、昨夜のうちにまとめた荷物を宅配便で自宅に送るのだ。

その後、自分の家に戻る。

ネオン輝く街中、マンションをめざして重い足取りで歩いていた途中、前から気になっていた少し高級そうなレストランに差しかかった私は、店内、窓際の席に向かい合って座るカップルの光景に目を見張った。

識嶋さん、と。音にはせず、彼の名を呼ぶ。

無意識に立ち止まった私の視線の先にいるのは、急な用事ができたからと私より少し早めに会社を出た識嶋さんと、ずっと音沙汰がなかった優花ちゃん。

……私が出て行くから婚約の話を進めることにしたのだろうか、なんて考えて気持ちが沈む。

自分から突き放したくせに、好きな相手を軽薄な人みたいに考えてしまうなんて、最低な私。

でも……優香ちゃん、笑ってる。

この前見た冷めた瞳がウソのように、いつもの彼女らしい笑みを浮かべている。

識嶋さんのほうも、普段彼が纏っている固い雰囲気は見られなくて。

はたから見る分には、美男美女のお似合いのカップルだ。

ちくちくと痛みだす心を抑えつけ、息を吸う。

行こう。ふたりがうまくいくなら、それでいい。

「それで、いいんだ」

自分を納得させるようにつぶやいて。

一度、瞬きをしてから視線を外す、その間際。

識嶋さんと、目が合った気がして。

水溜りに気を使う余裕もなく、ライトブルーのエナメルパンプスを汚しながらレストランから離れる。

いつから降り始めていたのか。

やんでいた雨がまたポツポツと落ちてきて。

マンションに着いたちょうどその頃には土砂降りになった。

ギリギリでびしょ濡れになるのを免《まぬか》れた私は、さっき見たふたりの姿を思い出しながら玄関の扉をあけた。

「んぅっ⁉」

――直後。突然、口もとを塞がれ目を剥《む》く。

引きはがそうとしたそれは、人の手。

私は背後から誰かによって口を押さえられていた。

声にならない悲鳴が口の中で漏れて、伸ばされている腕を叩いてみるが効果はなく。

背後にいる人物に乱暴に家の中へと押し込まれる。

扉が閉まる音がして、息苦しさを感じる中、背後にいるのは誰なのかと恐怖におののきながら頭をフル回転させた。

心当たりがあるのは、内山君。

そういえば、彼がどこにいるかという確認は曖昧に終わっている。もしかして、本当に内山君が、と。

そこまで考えたところで、閉まっているリビングの扉に体を強く押し付けられた。

相手は手馴れているのか、私の両腕を後ろでまとめて掴むと、手際よく私の口内に布をつめてまともに声を出せないようにする。

そして、用意していたらしいガムテープで後ろ手に巻きつけ動けなくすると、今度は口元にもそれを貼った。

——殺されてしまう。

狂ってしまいそうな恐怖が私を支配し、最後の抵抗とばかりにもがき力いっぱい抵抗するが、床に叩きつけられて痛みに顔を歪めまぶたを閉じた。

くつくつと笑う声が聞こえて、うつ伏せで倒れ込んでいる私の背中にまたがった相手の体重がかかる。

逃れることは叶わないのだと絶望し、涙がこぼれ落ちた私の耳に届いたのは……。

「クズには吐き気がするな」

いつか私を救ってくれた時のように、嫌悪感をたっぷりと含ませた、彼の声。

二度目の奇跡に驚き目を見開くと同時。

背中にあった重みが消え、私の隣には内山君……ではなく、記憶にない金髪の若い男が前のめりに倒れ込み、雨に濡れた識嶋さんによって後ろ手に抑えつけられていた。

「なんっ、でここに！　あんたは、お嬢が誘って」

よほど信じられない展開だったのか。

男はうっかり口を滑らせたようで、そこまで声にするとしまったと苦虫を潰したような顔になった。

それを聞いた識嶋さんは、先ほど男が私にしたようにガムテープを巻きつけていく。

後ろにまとめた手に、足にぐるぐると巻いて。

「予想どおりだな。西園寺の差し金か」

信じ難い名を口にした。

西園寺。

お嬢。

そこから導き出され、心当たりがある人物といえば……優花ちゃん、だ。

彼女が、そんなことをするだろうか。

やさしい笑みを浮かべる、あんなにかわいい女性が私を襲うように指示をした、なんて。

識嶋さんの髪から水が滴《したた》り落ちる。

「彼女をどうするように言われた」

彼の問いに男は答えない。

けれど、無言を許さず識嶋さんは男の頭を床に力いっぱい押し付けた。

「言え。言えば俺が保護してやる。言わないとお前は消されるだろう。あの女に、都合のいいシナリオを用意されてな」

消される。

識嶋さんの言葉に男は、顔を青くして瞳に恐れを滲ませた。

まるで、そうされることに心当たりがあるように。

沈黙が流れたのはどのくらいだったか。

やがて男は観念し、ポツポツと明かす。

男は友人から話を受け、何度か優花ちゃんに雇われて仕事をしていること。

そして、今回は……。

「一緒に住んでる女を痛めつけて、あんたが仕組んだように言えって頼まれたんだよ」

私がターゲットだったと、話した。

私が識嶋さんを不審に思い、二度と近づかないようにしろと、指示されたと。

鈍器で頭を殴られたような気分だ。

まだどこか信じられないでいる私の横で、識嶋さんは誰かに連絡をする。

しばらくすると玄関から黒服の男性がふたり入ってきて、私を襲った男を連れて出て行った。

多分、識嶋家のボディーガードだろうと考えていると、私の口に貼られていたガムテープが識嶋さんの手によってゆっくりと剥《は》がされていく。

痛くないようにと気遣ってくれているのがわかって、そのやさしさと、大事に至らなかったことに安堵《あんど》した私はポロポロと涙をこぼした。

「わ、悪い。痛かったか？」

勘違いした識嶋さんに首を振ってみせると、彼はまたゆっくりとガムテープを剥がして私の肌から取ってくれる。

次いで、口の中の布も取り出すと、私の様子をうかがう。

「どこか痛むところは？」

「大丈夫です」

「そうか。手のほうも剥がすぞ」

「はい」

そうして、識嶋さんのおかげでようやく解放された私は、彼に手を貸してもらいながら体を起こして廊下にへたり込んだ。

私は右の手の甲で頬に流れた涙を拭き取ると、片膝をついて私の様子をうかがう識嶋さんに「ありがとうございました」と礼を言う。

彼は「間に合ってよかった」と口にしながら、濡れた髪をかき上げ、雨で重くなったジャケットを脱いだ。

そういえば、今までパニックになってて気づかなかったけど、遠くから雨音が聞こえる。

どうやら雨はいまだに強く叩きつけているらしく、識嶋さんがこれだけびしょ濡れなのも納得がいった。

「……優花ちゃんと、会ってたんですよね」

「ああ。高梨がいたおかげで、彼女の怪しさに気づけたんだよ」

「私……ですか？」

「外にお前がいることに気づいて、追いかけようと席を立ったんだ。その時、お前と話をしてくると彼女に伝えたら、よくわからない話を振られて執拗《しつよう》に引き留められて……なにか、おかしいと感じた」

そもそも呼び出した理由が、婚約しなくても互いの会社に利益があるようにする為に話がしたいというものだったらしい。

だから、識嶋さんは優花ちゃんに会ったのだと彼は話した。

けれど、具体的な話は進まず、それどころか私との交際は順調なのかと聞かれたらしい。

「順調だと答えた時に、お前を見つけた」

ああ、そうか。

窓越しの彼の雰囲気がどことなく柔らかく感じられたのは、私の話をしていたからだったのか。

優花ちゃんに向けられたものではなかったと知り、うれしくなってしまう。

続く話では、優花ちゃんが引き留めるということは、私になにかあるのかもしれないと識嶋さんは危惧し、店を飛び出したということだった。

「悪かった」

「――え?」

「多分、会社帰りにお前が感じた気配も勘違いじゃなく、さっきの男だろう。西園寺の差し金の可能性に気づけず、怖い思いをさせてすまない」

思い詰めたように眉を寄せる識嶋さんに、私は頭を振る。

「そん、な。そんな、謝らないでください。識嶋さんはなにも悪くないです」

私の言葉に彼は肯定も否定もしない。

ただ、まぶたを伏せて。

「……本当に、出て行くのか?」

確認した。

それに対して答えることができず、だまったままの私に識嶋さんが静かな声で説明する。

今回の件で、もう西園寺のことは気にしなくてよくなるんだ、と。

確かに、今回の婚約のことは、そうかもしれない。

「でも、私は」

不安を口に出そうとすれば、遮るように識嶋さんが唇を動かして。

「邪魔にならないし、俺の為になるなら会社の為にもなる」

先回りをし、蹴散らした。

「本当、ですか?」

「俺はウソが嫌いだ」

キッパリと言い放つ彼は、確かにそんな性格だ。

でも、ひとつ、私だけが突っ込める秘密がある。

「私にウソの恋人役をやらせたのは誰ですか」

「本当にすれば問題ない」

真顔で答えた後、少しだけイタズラっ子のような悪い笑みを浮かべた識嶋さんに、
私は思わず頬を緩めた。

そうすれば、彼は手を伸ばし私の頬に触れて。

「高梨」

そっと引き寄せ、顔を近づけてくる。

やさしくぶつかったのは唇ではなく、互いの額。

識嶋さんは額をくっつけたままの体勢で。

「好きだ」

飾らない言葉で想いを零した。

心配なことはあるけれど、彼と未来を憂うことはないのなら、これ以上気持ちを押し込め続ける必要はない。

私は、頬が熱くなるのを感じながら、ずっと秘めていた想いを声に乗せる。

「……私も、好きです」

彼と同じく、飾らない言葉を。

体の内側で心臓がバカみたいに暴れていて。

ようやく伝えられた喜びに思わず涙が目尻に滲むと、識嶋さんの顔が少しだけ傾く。

ゆっくりと目を閉じれば柔らかく触れ合う唇。

お互いの気持ちを込めたキスは、熱く、心地よく。

とても甘くて、くらくらした。

震え、力の入らない手を識嶋さんの手が握る。

雨で冷えていた彼の体はすっかりとあたたかさを取り戻し、その唇から漏れる吐息は熱をもって私の首筋に落ちた。

少し乱れた髪が頬に触れて、ゆっくりと離れると私を見下ろす。

ささやかに色づいた頬と、艶の含んだ瞳。

普段過ごしている時には見られない独特の色気に、めまいがした。

心ごと解され、与えられる愛に揺さぶられ、翻弄されて。

ままならない呼吸で識嶋さん、と名を呼べば返事の代わりに唇を吸われる。

横柄で口が悪いこの人と、肌を重ね合わせる日がくるなんて、居候を始めた頃の私には想像もしていなかった出来事。

根はまじめで、照れ屋で、本当はやさしいこの人の腕の中で眠れる幸せに、心が満たされていく。

ふたり、シーツにくるまり、どれくらい経ったのか。

ふと目を覚ませば、まだ部屋は薄暗く静寂に包まれていた。

目の前には、穏やかに寝息を立てている識嶋さんの寝顔。

あたたかくもくすぐったい気持ちに頬が緩む。

識嶋さんを起こさないようにゆっくりと起き上がると、ベッドの横に散らばったふたりの服が視界に入った。

剥《は》がされていく過程を思い出し、気恥ずかしくなるのを振り払うように服に手を伸ばし拾い上げようとした刹那。

「……どこに行く?」

寝起き特有の気だるげな声が私の鼓膜を揺らし、識嶋さんの手が、私の腕に触れて引っ張った。

「服を着ようと思って」

裸ではないものの、下着だけでは心許ない。

ただそれだけだったけれど、識嶋さんは必要ないと言いたげに私を腕の中に引き寄せた。

再び私は彼の腕に閉じ込められ、体温を分け与えられる。

「朝になったら着ればいい」

「風邪を引いて熱でも出したら大変ですよ」

咎《とが》めるというよりも、やさしい声色で言い聞かせるようにすれば、彼は眠たそうにしながら「確かにそうだな」とこぼし、腕の力を緩めて私を解放した。

そして、離れて行く体温に寂しさを感じたと同時。

——キュルルル……と、私のお腹が空腹を訴えた。

どうやらその音は識嶋さんの耳にもしっかり届いていたようで。

「まあ、食べてなかったしな」

小さく笑いながら、夕食を口にしていなかったとフォローを入れてベッドから起き上がると、クローゼットからグレーのバスローブを取り出し羽織った。

次いで、白いバスローブを貸してくれて、私がそれに腕を通せば「なにか食べるか」と言ってリビングへと向かう。

……何事もなかったように普通の会話をしているけれど、数時間前には確かに、私たちは結ばれたのだ。

今に至るまでのことを思い出し、にやけてしまいそうになるのを防ぐように、私はベッドから出ると識嶋さんの後を追った——。


まだ空の色は濃紺のままで、朝日が昇るにはしばらくかかりそうな時間だけど、私と識嶋さんは食べずじまいだった夕食を口に運ぶ。

温め直したラタトゥイユをスプーンで掬った直後、識嶋さんは咳払いをして。

「明日は、その……予定がない」

明日の予定を報告してきた。

明日は休日。

忙しい識嶋さんは休日も仕事に追われていることが多い。

なので、ようやくお休みがとれてよかったという気持ちで「そうなんですね」と笑みを浮かべた。

「だから、出かけようと思う」

「はい」

たまの休みに羽を伸ばすのは大切だ。

私は識嶋さんの為に夕食でも作って待っていよう。

返事をしつつ、頭の中でなんとなく予定を立てていたら。

「おい、気づけ」

識嶋さんが眉間にシワを寄せて私を見ていた。

「え？」

「だから、デートしようかと言ってるんだよ」

いつもは冷静な識嶋さん。

けれど今はそんな態度も崩れて頬をほんのりと赤く染めている。

「言ってないですよ」

かわいいな、なんて口にしたら怒られるのは間違いないので、こらえてツッコミを入れた。

すると、識嶋さんはごまかすように視線をテーブルに落とし、ぶっきらぼうな口調で答える。

「今言ったぞ。で、行くのか？」

デートに行くか行かないか。

そんなの、悩む必要もない。

「行きます！」

初めてのデートの誘いがうれしくて笑顔になると、識嶋さんは突然、私から顔を背けた。

「どうしました？」

何事かと思い、私は向かい側に座る識嶋さんの様子をうかがう。

けれど、嫌がるように体ごと横を向いて「見るな」と私を制止した。

そして、ひと言。

「お前のうれしそうな顔、心臓に悪いんだよ」

彼の耳が赤くなっていることに気づいた私は、くすぐったい気持ちになりながら、ごめんなさいと何故か謝ってしまうのだった。

――ドキドキしながらデートして、幸せな気持ちのまま夜になれば識嶋さんに抱かれ、満たされて。

夢見心地で月曜日の朝を迎えると、仕事にはあまりプライベートをもち込まないようにと少し気を引き締めつつ、愛用している鞄に手帳や資料を詰めて会社へと向かう。

社内ではいまだ私と識嶋さんの噂が流れているままで、時折、玉の輿だねーなんて冗談交じりに言われることもある。

玉の輿はさておき、本当に識嶋さんとそんな関係になるなんて、と、ミーティング後の会議室で自然と頬を緩ませた直後、あることに気づいた。

付き合おう。

そんな類の言葉を、聞いてないことに。

「……つまり、曖昧な関係？」

今の私たちの関係がどんなものなのか。

識嶋さんはどう認識しているのか。

ミーティング終了直後から携帯を耳に当て誰かと話す識嶋さんに視線をやり、思わず声を漏らしてしまうほどに気になりながらも、自分のデスクに戻ろうと席から立ち上がったその時――。

注意力が散漫になったのか、椅子の脚につま先をひっかけてしまい、つまずき転びそうになった。

けれど、幸いにも近くにいた相馬先輩がよろめいた私の腕を引いて助けてくれて。

「危なかった……ありがとうございます」

「疲れてんのか？　気をつけろよ」

心配されてしまい、再度お礼を述べれば、相馬先輩は気遣うような微笑みを残して会議室から退出した。

本当に、気をつけないと。

今日は午後から口説き落としたいアニメ映画監督に会いに行く予定がある。

理想とするＣＭ制作には、どうしてもその監督の作る世界観が必要なのだ。

唇を引き結び、会議テーブルの上に重ねてあった自分用の資料を胸に抱える。

そして、今度こそ会議室を出ようとしたのだけれど、またしても私の足は踏み出し損ねてしまった。

いつの間にか電話を終えていたらしく、識嶋さんが私を呼んだのだ。

「ケガは?」

どうやらさっき転びそうになったのを見られていたらしい。

電話しつつも私のことを気にかけてくれていたのかとうれしい気持ちが芽生えた。

「大丈夫です」

気恥ずかしさと共に笑みを浮かべてアピールする私の隣に識嶋さんが立つ。

すると、彼は「本当に鈍いな。気をつけろ」と、いつものように毒を吐いた。

い、一応、この言葉の中には彼なりのやさしさが含まれているのはわかっている。

気をつけろと言ってくれたし、なにより冷たい言い方ではなかった……ような感じがした、と思いたい。

会社だから、プライベートとは分けて接しているのだと。

でも、今さっき気づいたばかりの交際宣言がないことが、心に靄《もや》をかけてしまう。

識嶋さんに、ちゃんと確認したほうがいいのだろうか。

そう、考えた直後。

「あと、あんまり俺以外の男に触らせるなよ」

耳もとで囁くように言われて、その不意打ちに否応なしに頬が熱を帯びる。

言った本人は恥ずかしくなったのか、少し耳を赤くしてさっさと会議室を出て行ってしまった。

「もう……反則だよ」

だけど、今のヤキモチ発言で曖昧な関係だという不安がウソみたいに晴れていた。

きっと、大丈夫。

大切なのは言葉だけじゃない。

識嶋さんの、心を見よう。

まだ少し頬が蒸気しているのを感じながら、私は大きく息を吸って口もとに笑みを乗せた。


——交渉は手応えのあるものだった。

こちらの熱意は伝わったと思うし、別れ際の監督の表情も悪く見えなかった。

返事は明日の夕方までにはもらえることになっている。

断られても食い下がるつもりだけど、いい返事がもらえればいいなと、希望を胸にマンションにたどり着いた私だったけれど……。

膨らんだ明るい願いはすぐにしぼんでしまった。

テンポよく歩みを進めていた足もピタリと止まってしまう。

何故なら。

「え……」

帰宅したマンションのエントランス前に。

「こんばんは、美織ちゃん」

微笑みを浮かべた優花ちゃんが立っていたから。

エントランスの扉を背に、凛とした佇まいで立っている優花ちゃん。

彼女は一歩こちらへと踏み出すと、かわいらしいシフォンワンピースの裾を揺らす。

「誤解を解きに来たの」

私は後ずさりすることもできずに、緊張の面持ちで肩にかけた鞄の持ち手を強く握り締めた。

そんな私の様子に、優花ちゃんはやさしく瞳を細める。

「そんなよそよそしくしないで。私はただあなたを助けたくて」

「助ける……?」

話が見えなくて、眉間にシワを寄せれば、優花ちゃんは悲しそうに表情を歪ませた。

「私はなにもしてないわ。全ては彼が自分に都合のいいように仕向けているの」

一瞬、思考が停止する。

……彼、とは、識嶋さんのことだろうか。

私と優花ちゃんの共通の友人知人は識嶋さんと相馬先輩くらいしかいない。

でも、ここ最近の流れで相馬先輩が話題になることはないだろう。

それなら、やはり彼女が言う彼とは識嶋さんを指しているはず。

けれど……彼女がなにを言っているのかわからないのだ。

いや、正確には、彼女の言葉の意味は理解できるけれど、口にした内容が信じられない。

何故なら、優花ちゃんはあの日、男を差し向けたのは自分ではなく識嶋さんだと言っているのだから。

「美織ちゃんは利用されているだけなのよ」

続く彼女の声も、耳をすり抜けていく。

ただひたすらに立ち尽くす私を、優花ちゃんは思いやるように眉を寄せて見つめていて。

以前見た冷たいまなざしも、そっけない態度も、まるで夢であったかのように、目の前の彼女はやさしい雰囲気を纏っている。

本当の優花ちゃんはどれなのか。

彼女の話をどこまで信じればいいのか。

幼い頃に読んだ童話に登場する魔女を相手にしているような気分になりながら、どうにか声を絞り出す。

「私が、識嶋さんにだまされてるというの？」

「彼はいずれあなたを捨てる。傷つく前に早く離れたほうがいいと思う」

心から心配しているように切なげな声で言われ、私の心が揺らいでしまった。

識嶋さんを疑うつもりはない。

だけど、どこかで優花ちゃんを疑いたくない気持ちもあるのだ。

とにかく、大切なものを失わないよう、惑わされることだけはしまいと、私は優花ちゃんの瞳をまっすぐに見つめる。

「私を襲った男の人は、識嶋さんがやったように仕向けるよう優花ちゃんから指示されたって言ってた」

彼女の話の矛盾を突けば、優花ちゃんは頭を振った。

「違うの。それは私を悪者にして自分の立場をよく見せるように――」

「なんの為にだ」

突如飛び込んできた刺々しくも聞き慣れた声に、私は視線を素早く動かし姿を探す。

「識嶋さん！」

いつからそこにいたのか。

スーツ姿の識嶋さんは、車寄せスペースの方から靴音を鳴らして歩く。

そして、優花ちゃんの前を通りながら唇を動かした。

「高梨に利用価値なんてない。ただ、俺にとって価値があるだけだ」

それは、とてもうれしくなる言葉。

けれど優花ちゃんは別のことが気になったようで首をかしげる。

「高梨……？　以前は名前で呼んでましたよね？」

問われた識嶋さんは、優花ちゃんを背に私の方へと歩みを進めていた足をピタリと止めて「ああ、言い忘れてました」と口にしながら彼女を振り返った。

そして――。

「実はあの頃は『恋人役』になってもらっていたんだ。あなたとの結婚に利用価値はなさそうだったので」

「なっ……」

高圧的な容赦のない言葉に、優花ちゃんは火花を散らすように識嶋さんを睨んだ。

彼女がこんな表情をするなんて、想像もしていなかった。

でも、パーティーの夜に見た優花ちゃんの冷たい瞳は、今の優花ちゃんからなら納得のいく姿だ。

「会社にとっての利用価値なら、私のほうが明らかにあるわ。あなたは会社の利益より彼女を選ぶと言うの？」

「別に、あなたの家柄を利用しなくてもうちは揺るがない。俺が揺るがせない」

お互い、負ける気はないとばかりに言葉に遠慮がなくなってきている。

……いや、優花ちゃんの表情に余裕はない。

彼女は負けないように取り繕うので精一杯なのだろう。

そこに、識嶋さんがさらに追い討ちをかけた。

彼は私の左隣に並ぶと、右腕で私の肩を抱き寄せて、堂々と声を放つ。

「高梨は今、正式な俺の恋人だ。今後、俺の女になにかしようものなら、全力であなたを潰させてもらうのでよろしく」

まっすぐな、けれど最後は相手をだまらせてしまうほどの凍てつくような声で宣言した識嶋さん。

正式な恋人。

その言葉が、私の心を隙間なく満たしていく。

満たされて、この上ないほどに幸せで。

思わず頬が緩みそうになったと同時。

「……わかりました。失礼します」

優花ちゃんは白旗を上げたのか、鞄から携帯を取りだすと車をまわすように伝えた。

そして、車寄せスペースの方へと体を向け、歩き出したかと思えば、彼女はふとその足を止めて私を見る。

「美織ちゃん……。あなたじゃなければ、よかったのに」

さようなら。

これで縁を切るのだと宣告するように、別れの言葉を口にして……。

優花ちゃんは、迎えに来た黒いリムジンへと乗り込んだ。

世の中は、そううまくはまわらないのだと痛感する。

私が、識嶋さんと関わりがなかったら、優花ちゃんと私は、今も笑い合っていられたのだろうか。

答えは、NOだ。

優花ちゃんの口からあの男を差し向けたのは自分だという言葉は聞いてないけれど、

優花ちゃんは私の話を聞いた時、すんなりと受け入れていた。

指示したのが優花ちゃんであるなら……きっと、いつか友人関係は壊れただろう。

走りだしたリムジンを見送りながら、私は口を開いた。

「さよなら、優花ちゃん」

別れを告げると、肩を抱いていた識嶋さんの腕が離れ、代わりに頭に乗せられてポンポンとやさしく叩かれる。

見上げれば、識嶋さんは「これで下手に手出しはしてこないだろう」と話した。

あまりにも大事《おおごと》になればシキシマと西園寺両家の関係にも響くのは彼女も理解しているはずだ、と。

私は納得し、うなずいてから問いかける。

「聞いてもいいですか」

「なんだ」

それは、恋人だと言ってもらえたからこその素朴な疑問。

「何故、私なんですか？」

正直、識嶋さんなら、恋人だろうが婚約者だろうが選びたい放題だと思う。

もちろん、彼の性格上、無駄なことはしないのは百も承知だ。

でも……。

「私は特別なところがなにもないですし」

例えば、さっきの優花ちゃんとの会話にもあったように、シキシマにとって政治上は役に立たない存在だ。

識嶋さんは、彼にとって価値があると言ってくれて、それは転じて会社の為にもなると言ってくれていた。

けれど、やはり私自身、彼のプラスとなるようには思えない。

堂々とそびえ立つタワーマンションの明かりを背にした識嶋さんは、私の質問に真顔で答える。

「そうだな」

ハッキリと肯定されて、いつかもこんな風に心にダメージをくらったことを思い出した。

関係が甘いものに変わっても、彼は彼のままだなと苦笑いを浮かべていれば、識嶋さんはさらに追い討ちをかけていく。

「別に絶世の美女でもないし、モデル並みのスタイルでもないし、特別ズバ抜けた頭脳をもってるわけでもない」

自分でもわかっていることを言われているし、反論の余地もないんだけど、さすがにこうためらいもなく言われると傷つく。

苦笑していた顔が引きつり始めた頃、識嶋さんは微笑みを浮かべて。

「でも、バカでお節介だからな」

そう、口にした。

言葉は褒められてはいないので、私が複雑な顔で首をかしげれば、彼は小さく肩を揺らして笑う。

「俺と友人になろうとしたり、余計な世話焼いたり、バカじゃないとできないだろう?」

意地悪そうな笑みに、からかわれているのがわかった。

「もう！　識嶋さん！」

ひどいですよと抗議する私をなだめるように「悪い」と軽く詫びた彼は、再び口を開くと……。

「そんなバカなお前を、まあ……かわいいな、と、思ったんだよ」

今度は照れてしどろもどろになりながら、本音をこぼしてくれた。

途端、熱をもってしまった私の頬。

彼の一挙一動に振り回されて。

彼と過ごす一分一秒が愛しさであふれていく。

「識嶋さん、顔赤いですよ」

「うるさい。お前もな」

フンと鼻を鳴らすと逃げるようにエントランスへ向かう彼の背に、私は胸を高鳴らせながら素直な想いを声にする。

「大好きです。識嶋さん」

すると、彼は足を止めて振り向いて。

「……俺もだよ。だから、生涯俺と一緒にいろよ」

交際の言葉を飛び越えてのプロポーズに、私は破顔する。

御曹司である識嶋さんとの結婚は大変なことがたくさんあるだろうけど、それでも、私はきっと彼でなければダメだと思うから。

だから――。

「不束者《ふつつか》ですが、よろしくお願いします」

答えは当然、このひとつだけ。

識嶋さんの手が私に向かって伸ばされる。

「帰るぞ」

「はい」

淡く星が光る夜空の下でその手を握れば、自然と絡まるふたりの指。

これからは、ここが私の帰る家。

識嶋さんと出会い、戸惑い、恋に落ちた。

時にはケンカをして、それでもまた笑い合い、想いを通わせた場所に、私は再び帰れるのだ。

居候ではなく、彼の恋人として。

そして近い未来……妻として。

苦くて甘い、愛する人のいる、私が新しく帰る場所。

「ただいま」

そして、改めてよろしくね。

特別書き下ろし番外編

星空の夢

その人との再会は、予想もしない場所だった。

識嶋さんの実家である立派なお屋敷に挨拶に伺った日。

「あなたが悪いわけではないけれど、結婚となるとやっぱりもう少し考えたいわ」

一階の広い応接間で私たちの結婚を渋っていた識嶋さんのお母様。

やはり識嶋さんのお母様は優花ちゃんのようなご令嬢を相手に、とまだ考えているようだった。

識嶋さんのお母様の隣、高級そうなソファーに腰を沈めている社長は「俺は賛成だがなー」とこぼしてくれている。

けれど、その度に識嶋さんのお母様が首をかしげたり頭を振ったりして、話が進まない状態だ。

「俺は美織さん以外の人とは結婚しませんよ」

はっきりと自分の意志を伝える識嶋さんにトキメキつつ、それでもきっと彼のお母様は認めてくれないだろうなと眉を下げた時、その人は現れた。

「このお嬢さんなら問題ないでしょう」

いつの間にか開かれていた応接間の扉から、突如現れたおばあさん。

誰だろうと思いながらも、どこかで見た覚えがある気がして。

柄の主張を抑え、やさしい藤色に染められた小紋の着物。

気品あふれる佇まい。

いったいどこで……と、胸中で探りながらおばあさんを見つめていたら。

「どうやら乗り越えられたようですね」

目尻のシワを深めて微笑まれ、その直後。

「あの時のおばあさん！」

一気に思い出した。

そうだ。桜並木の下で声をかけてくれたおばあさんだ。

「会ったことあるのか？」

少し驚いた様子の識嶋さんに、私はうなずく。

「識嶋さんのお家にお世話になる少し前に、アドバイスをもらったことがあって」

説明してから、私はソファーから腰を上げ、おばあさんに頭を下げた。

「あの時はありがとうございました」

そして、顔を正面に戻した先には、どこかホッとするような柔らかいおばあさんの笑顔。

「まさか、孫のお嫁さんとしてまた会うとは思わなかったわ。悪いものもなくなって、とてもいいオーラをもってますね」

そう言われて嬉しくなりながら、おばあさんには人の気を感じ取る力があるんだな、と感心していた私は、あることに気づく。

「……孫？」

首をひねると、ソファーに座ったまま識嶋さんが「ああ」と首を縦に振って。

「俺の父方の祖母だ」

私を驚かせた。

「そういえば、あの日は玲司の家に立ち寄った帰りでしたね」

まさか識嶋さんのお祖母様だったとは、誰が予想できただろうか。

いや、でも、さっきから楽しそうにこの状況を見守っている社長の顔と見比べると、確かにどこか似ている。

目を丸くした私に、お祖母様は「見えた光は玲司でしたか」と、ニコニコと笑みを浮かべた。

そして、識嶋さんのお母様にもう一度伝える。

「このお嬢さんなら、問題ありません。憂う必要はないわ」

すると、それを聞いた社長がパン！と両手を合わせた。

「ほら、俺の目は間違ってないだろ？　いろいろと心配なのはわかるが、ここは折れてやってくれ」

ふたりから説得されたお母様は、諦めたように小さく息を吐き出すと、私と識嶋さんを交互に見て、落ち着いた赤い色の乗った唇を開く。

「わかりました。美織さん、よろしくお願いします」

結婚を認めてもらえたうえに初めて名前を呼ばれ、私は心が躍るような喜びを感じながら慌てて頭を下げた。

「お母様、ありがとうございます！　よろしくお願いいたします」

すると識嶋さんも立ち上がり、私の横に並んでキレイにお辞儀をする。

「ありがとうございます」

かくして、この日、お祖母様のお力添えにより、私たちは結婚を正式に識嶋家に認められたのだった。

そして、その翌週には私の両親への挨拶も無事に済ませたわけなのだけど——。

「し、識嶋さん、大丈夫ですか？」

「なにがだ」

「酔ってますよね」

識嶋さんは昼間からお酒の強い私の父に勧められ、断れずに飲み続け……その結果。

「酔っていない。よく見ろ」

「識嶋さん、それテレビです。私はこっち」

どうにかお台場のマンションまでは帰ってこられたけれど、彼は酒に呑まれてしまった。

断ってくれてもよかったのに、という言葉は出さず、代わりに私は感謝を口にする。

「父に付き合ってくれてありがとうございます」

普段なら断るであろうお酒の勧めを断らなかったのは、私の父だったからだろう。

父は、友人の息子と私が結婚することが奇跡のようだととても喜びながら、識嶋さんにお酒を注いでいた。

リビングの壁に飾られた時計に目をやれば、もうすぐ今日が明日に変わる時刻だ。

私はテレビに話しかける識嶋さんの手を引いて、ソファーに座らせる。

水を飲ませてあげようと、ウォーターサーバーのところへ向かおうとした時、右手首が熱をもった識嶋さんの手に掴まれた。

「どこに行く」

「お水いるかなと思って」

「後でいい。ここにいろ」

言い終わる前に、彼が私の腕を強く引いて、バランスを崩した私の体が識嶋さんにもたれかかるような体勢で腕の中に捕らえられる。

彼の纏うシトラスの香りを強く感じて、革のソファーが軋《きし》んだ音を立てたと同時。

「識嶋さ――」

声ごとさらうように、少し強引に唇を奪われた。

ほんのりとお酒の匂いが唇越しに伝わってきて、その香りに一滴もお酒を飲んでいない私まで酔いそうな気分になる。

私を抱き締める識嶋さんの手が後頭部に添えられた時、ふと初めて彼の唇が私に触れた夜を思い出した。

あの夜も、彼はお酒を飲んでおかしな行動をとっていて、ちょっとかわいいなんて思ったっけ。

当時は不完全な気持ちのまま彼の行為に戸惑っていたけれど、ふたりの想いが向き合っているとわかる今は、素直にこの状況を受け入れられる。

与えられる熱を、そこに潜む幸せを、しっかりと受け止めることができる。

「美織」

唇が離れ、名を呼ばれ。

まぶたを開けば、そこには艶めかしい瞳をした識嶋さんがいた。

そのまま耳もとで甘く囁かれた言葉は、ここから先の行為を求めるもので。

「拒否は認めないからな」

選択肢がない私は、不服そうに唇を尖らせながらも、しっかりと彼の背中に腕を回したのだった。


——翌日。

どうやら記憶が飛んでいないらしい識嶋さんは、目覚め、私の首筋に残る赤い痕を見つけると、仰向けに寝たまま額に手を当て謝罪した。

「悪い、セーブできなくて」

「私も止めなかったので、気にしないでください」

実際は、止めることすらままならないほど彼にリードされてしまっていたのだけど、という言葉は自分の中だけに留めておく。

それに、今日が休日なのは幸いだ。

「週が明ける頃には今より落ち着くだろうし、コンシーラーで隠せば大丈夫ですよ」

そう伝えると、識嶋さんは少しだけ安堵し、次からは気をつけると言いながらまたまぶたを閉じた。

多分、二日酔いなのだろう。

「朝食、食べられそうですか？」

「……いや、いい。それより、もう少し眠る。お前も付き合え」

またしても強引に決めて、返事を待たずに起こしかけた私の体を肌触りのいいシーツの中へと引きずり込む。

そしてまたゆっくりとまぶたをもち上げたかと思うと。

「酒、気をつけるよ」

反省を口にした。

「ふふっ、そうしてください。でも昨日のは父からの誘いですし仕方ないですよ」

「……うれしかったんだよ」

「え？」

「うちからも許可が出て、美織の両親も快諾してくれて。正直に言うと、少し舞い上がっていた」

し、識嶋さんが舞い上がっていた？

確かに、識嶋家のお屋敷からの帰り道はお互いに笑顔が多かった記憶がある。

私の両親と食事している時も和やかな雰囲気ではあった。

でも、テンションが上がっていた様子は見られなかったし、むしろ礼儀をわきまえていて、終盤でさえ酔っているとはわからないほどに落ち着いていた。

……でも、実は、父に付き合ってくれていたのではなく。

「それで、お酒が進んでしまったんですか？」

腕枕され、彼の顔を間近で見つめながら問いかけると、識嶋さんは少しだけ頬を赤らめる。

「もう寝る」

そして逃げるように、再びまぶたを閉じた。

それからしばらくすると寝息を立て始める。

まさか、お酒を飲みすぎた理由が舞い上がっていたからだったとは。

でも、そんな意外な真実に、私の頬は自然と緩む。

いつもは言葉数が少ないクールな識嶋さん。彼の寝顔はそんな雰囲気を微塵も感じさせないほど穏やかで無防備だ。

もう見慣れてきた寝顔だけど、見つめていると毎度知らず目尻が下がる。

両家から結婚の許可も下り、今後は本格的に結婚に向けて動くことになるだろう。

そして、結婚すれば識嶋さんの寝顔を当たり前のように毎日見るのだ。

その中で今日のように意外な一面も知っていくのだろう。

何十年先までも。

「楽しみだなぁ」

吐息に近い声でこぼし、私も彼の後を追うようにまぶたを下ろした。


着信を告げるコール音が鳴り響くオフィス。

出入り口となる透明な扉の横に飾られたホワイトボードの前に立つ私は、識嶋さんの名前の横の予定欄を確認した。

そこには、クライアントとの打ち合わせで外出するとの記入がある。

今日はその打ち合わせが終わり次第、待ち合わせて婚約指輪を選びに行く予定になっている。私は識嶋さんの名前を見つめながら密かに幸せを噛み締めた。

そんな私の横に、小走りでこちらへとやってきた麻衣ちゃんが並ぶ。

「高梨さん、今日、上がり早いですよね？」

彼女はマスカラをたっぷりと塗ったまつげを瞬かせながら私に話しかけた。

「うん」と私が肯定すると、麻衣ちゃんは花が咲いたような笑顔を見せる。

「それなら、飲み会参加しません？　こっちのメンバー足りなくて」

その言い振りからすると、合コンなのだと予想できた。

そして、今日の彼女はやけにメイクもファッションも気合いが入っているなと、出勤時に浮かんでいた疑問の答えが今わかる。

おかしいな。つい先日、年下の男性と付き合い始めたような話を本人から聞いたはずなんだけど。

まあ、麻衣ちゃんの恋愛事情はさておき、合コンであろうがなかろうが、予定ありのうえ、婚約者までいる私は断るわけで。

「麻衣ちゃん、私……」

「悪いが、参加はできない」

謝罪の言葉を添えて、丁重にお断りしようとした私の言葉を冷たい声が遮る。

鼻をくすぐるのはシトラスの香り。

肩に添えられた温もりに顔だけで振り向くと、気に入らないと言いたげな目で、顔で、麻衣ちゃんを見る識嶋さんがいた。

「高梨は、俺との先約があるんだ」

いつから聞いていたのかはわからないけど、声の固さで不機嫌なのは理解できる。

しかし、麻衣ちゃんは気づかないのか、気づいていても物怖じしないのか。

「それってデート？　やっぱり、おふたりってお付き合いしてるんですかぁ？」

空気を読まず、むしろ壊す勢いで質問を投げた。

私たちが付き合っていること、一緒に住んでいること、結婚の予定があること。

それらを知っているのはこの会社には社長しかいない。

どう答えるべきか戸惑い、頼るように識嶋さんに視線をやれば、彼は堂々とした態度で唇を動かす。

「そうだ。だから、今後そういった男のいる飲み会には誘うなよ」

言い切った途端、ザワッとフロア内が驚きに包まれた。

あの噂は本当だったのか。

いつからだ。

そんなさまざまな声が聞こえる中、まさか会社で、しかも仕事中に、そしてなにより識嶋さんがこのタイミングで交際宣言するとは思わなかった私は……。

「お前も、きっぱり断れ」

識嶋さんに注意されるまで、若干意識が飛んでいた。

あまりにも衝撃が大きかったのだ。

職場にほぼプライベートをもち込まない彼が、こんな形で私たちの関係を知らせたことが。

「ご、ごめん、なさい」

謝ると、識嶋さんは周りのどよめきなど気にも留めていないのか、それじゃあまた後でなと言い残して、私をひとりオフィスに残して外出してしまった。

もちろんこの直後から、フロアにいた社員たちに根掘り葉掘り聞かれたのは語るまでもない。

「もう！　あの後大変だったんですよ」

夏の蒸し暑さも和らぎ、通り抜ける涼しい風が秋の訪れを知らせている。そろそろ空が藍色へと移り行く時刻に、私は待ち合わせ場所に着くやいなや識嶋さんに愚痴をこぼした。

「だろうな。だからすぐに外に出た」

……確信犯か。

彼の横を歩きながら、私は目を細めて識嶋さんを睨む。

「ひどいですよ」

けれど、識嶋さんは気にした様子も見せず立ち止まり、横断歩道の先の信号を見ていた。

まだ赤信号に変わったばかりの歩道は、帰宅ラッシュでたくさんの車が行き交っている。車の流れを見つめつつ昼間の質問攻めを思い出していたら、識嶋さんが私を見下ろした。

「近々嫌でも知ることになるんだ。いい機会だろう」

確かに、社長からも結納が済んだらでいいんじゃないかというような話はあった。

むしろふたりに任せる的な空気でもあった。

だけど、あんな乱暴な感じでよかったんだろうか。

もっとこう……『このたび、私たちは……』みたいな、ちゃんとした報告をするんだと思っていたけれど――。

「それに、いい牽制《けんせい》にもなったしな」

信号が青に変わる直前聞こえた識嶋さんの言葉に、私は二度瞬《まばた》きをしてから「牽制？」と瞳で問いかけた。

すると彼は私からスッと視線を外し、一歩踏み出しながら声にする。

「今後、お前に言い寄る男がいなくなる」

正直、これが理由なら、嫉妬されてるみたいでちょっとうれしかったりして。

それはさておき、つまり要約すると、いいタイミングだから報告ついでに婚約者の虫よけもしておこう、ということだろうか。

だとすれば、無駄を好まない識嶋さんらしい考えだけど……。

「それでも、置き去りはひどいです！」

今はこのひと言に尽きる。

再度唇を尖らせてみても識嶋さんは「わかったわかった」と軽くあしらうように言ってから、大きな手で私の手を握り、その指を絡めてつなげるだけ。

でも、その何気ない仕草に胸が小さく高鳴って、私の中にあった彼への憤りは空気が抜けていく風船のように一気になくなっていく。

なんだか掌の上でうまく転がされてる気がするけど、嫌な気分ではないのでよしとしよう。

つないだ手を強く握り返すと、前面が大きな一枚ガラスになっているジュエリーショップへと足を踏み入れた。

足もとに広がる床は大理石で、ジュエリーショップらしい品のある内装だ。

「いらっしゃいませ、識嶋様」

受付からスーツを着た四十代くらいの男性が微笑みながら出てきて、識嶋さんにお辞儀をした。

「本日はお越しいただきありがとうございます。どうぞこちらへ」

丁寧に挨拶をした後、通されたのはショーケースの並ぶ二階のフロア。

高級感あふれる店内で、さまざまな宝石たちが輝きを放ち、自分の存在をアピールしている。

その一角に、ブライダルのスペースがあった。

私たちはそこで、店員に勧められるエンゲージリングを見比べる。

「ダイヤにするか?」

識嶋さんに尋ねられ、特にデザインを決めずに来てしまったことに気づいた。

ただ、あまり派手なのは好みではないのでそれを伝えると、店員さんが小振りな宝石が飾られた指輪をいくつか出して、ジュエリートレイに並べてくれた。

「うーん……これは逆にシンプルすぎるかなぁ」

と、つぶやいてもう少し宝石が散りばめられた指輪を見た直後、視界に入ったその価格に私の目が見開かれる。

ここのブランドが高級なのは百も承知だったけれど、ダイヤの数や大きさが変わるだけでこんなにも値段が張るのは予想外だった。

そして、それを身につけることに腰が引けてしまう。

まして自分のお金で買うわけでもないし……などと、試着させてもらいつつ悩んでいたら。

「ここはオーダーメイドもできるんでしたね？」

識嶋さんが店員さんに尋ねた。

「はい。承っております」

「美織、オーダーメイドにするぞ」

「えっ」

突然の展開に驚く私をよそに、店員さんは「ただいまデザイナーを呼んでまいります」と一礼し、靴音を鳴らしながら階下へと消えてしまう。

「し、識嶋さん、わざわざオーダーメイドでなくても私は……」

「せっかくなら、世界にひとつだけのものにしたい。それに、美織のことだ。値段で気を使いそうだからな。オーダーメイドなら、俺だけ知っていればいい」

さすがだ。私の考えることなんてお見通しだったらしい。

識嶋さんが、私の腰を自分へと引き寄せて抱き締める。

「美織に似合う美織だけのものを、俺が贈りたいんだよ」

やさしい声で囁かれ、私は悩むのをやめた。

結婚はふたりでするものだし、なにより彼の気持ちを、厚意を、無下《むげ》にしたくない。

それに、彼の提案に私の中にも欲が生まれてしまった。

「ありがとうございます。あの……ひとつ、ワガママを言ってもいいですか？」

「なんだ？」

「結婚指輪もふたりだけのものにしたいです。ふたりで考えたふたりだけの指輪がいいです」

にっこり笑ってお願いすると、識嶋さんは私の髪をやさしく撫いながら……。

「任せておけ」

自信たっぷりの言葉と、微笑みを返してくれた。

ジュエリーデザイナーと相談し、無事に婚約指輪のデザインが決まった。

先日、識嶋さんのパソコンに指輪の2D画像データが送られてきて、製図を見ることができたのだけど、完成にはひと月半くらいかかるらしい。

そして肝心の結婚式は、識嶋さんのお母様の要望もあり、識嶋社長夫妻が式を挙げたのと同じリゾートホテルで挙げることになっている。

詳しい打ち合わせはまだ先になるようだけど、引き出物やドレスを決める為、識嶋さんの実家やホテル、それぞれのショップへと、最近は休みのたびに外出していた。

識嶋さんの話によると、どうやら大物政治家をはじめとする政財界の人たちがけっこう来るとのことだった。

あまりのスケールの大きさに、途中からめまいがしそうだったけど、識嶋さんから「とりあえず花嫁としての役割を全うすることに集中すればいい」と言われ、しっかりとうなずいてみせたのが昨夜の話。

そして、気持ちを仕事モードに切り替えて出社した翌日。

「よう、おふたりさん。邪魔するぞ」

偶然カフェスペースで会った識嶋さんとコーヒーを飲んでいたら、相馬先輩がやってきた。

「お疲れ様です」

コーヒーを口にする識嶋さんの隣で私が挨拶をすると、相馬先輩はプラスチックのカップを手にしながら私たちをからかうように見て言う。

「生で見たかったなー、熱愛宣言」

あの日、撮影の立会いがありオフィスにいなかった相馬先輩は、次の日の昼休みに麻衣ちゃんから聞いたらしい。

幼なじみの彼からすると、まさか識嶋さんがそんな行為に及ぶとは予想もできないことのようだ。

「捏造《ねつぞう》されてるぞ、その情報」

「無自覚か？　俺の女を飲み会に誘うな、なんて、かなり独占欲の強い熱愛アピールだぞ」

熱いコーヒーの入ったカップを手に苦笑いする相馬先輩は、マイペースにコーヒーを飲む識嶋さんから私へと視線を移した。

「ところで高梨、お前聞いたか？」

「なにをですか？」

「西園寺のこと。海外行った話」

相馬先輩にとっては、共通の友人である優花ちゃんの話を振ってきただけだ。

けれど、私には少し心臓に悪い名前で。

「……旅行ですか?」

変な間を作って答えてしまった。

幸い、相馬先輩は特に気にした様子もなく、カップに口をつけてから答える。

「いや、しばらくあっちで暮らすらしい」

あっち、というのは海外のことだろう。

引っ越ししたという意味なのかと相馬先輩に尋ねてみると、彼は「どうなんだろうな」と曖昧に答えた。

そして、相馬先輩も優花ちゃんの話を友達づてに聞いたから、本当かどうかわからないのだと告げた。

さらに、彼女と連絡が取れなくなった、とも。

なにも言わず、だまって話を聞いていた識嶋さんは、興味がないのか「そろそろ戻る」と言ってカフェスペースを出て行ってしまう。

……相馬先輩は知らない。

優花ちゃんが識嶋さんの婚約者として名前が上がっていたことを。

そのことで、私と優花ちゃんが仲違いをしてしまったことも。

だから、識嶋さんが話に入ってくることが少しおかしいのは確かだ。

今はなにもないとはいえ、少しくらい気にしてくれてもいいのにな、なんて思ってしまうのは自分勝手なのだろうか。

でも、識嶋さんが気にしないのなら私も変に考えないほうがいいという考えに至り、相馬先輩と少しだけ仕事の話をしてからカフェスペースを後にした。


お台場、タワーマンションの最上階。

広いリビング内でふと息を吐くと、玄関から識嶋さんの足音が聞こえた。

帰宅するなり彼は鞄も置かずに話し出す。

「あの後すぐに、一応確認させた。フロリダにいるらしいな」

昼間、相馬先輩が話していた、優花ちゃんの今の状況を。

興味がないように見えたけど、ちゃんと考えてくれていたことがうれしくて、ありがたくて。

本当に、いじけていた数時間前の自分を叱りたいくらいだ。

「わざわざありがとうございます」

お礼を口にすると、識嶋さんは鞄をソファーに置いて「ハッキリさせないと気持ち悪かっただけだ」と話した。

私に気を使わせない為なのか、それとも照れているのか。

どちらにせよ、心があたたかくなったのは確かで。

私はあえてなにも言わず、彼が隣に座るのを見守った。

ソファーに腰を下ろした識嶋さんは、ネクタイを緩めると疲れを吐き出すように息をして……。

「親から、追い出されたらしい」

意外な真実を口にした。

「大切なご子息に迷惑をかけるようなことをした。今後、同じことがないようにする。夕方、父にそう謝罪があったと報告を受けた。まあ、今後の付き合いを考えてのアピールだろうな」

「そう、なんですね……」

てっきり優花ちゃんが自分で決めたのかとばかり思っていたけれど、蓋をあけてみれば自社の利益の為に、親に追いやられていた。

彼女がしたことは、普通に考えたら警察沙汰になってもおかしくないけれど……。

一度は友人として仲良くしていた相手が、まるで道具のように扱われているようで、少し複雑な気持ちになり、知らず知らず胸を押さえた。

思いが顔にも出ていたのだろう。

識嶋さんは左手で私の右頬を軽くつねると、力なく微笑んだ。

「相変わらずお節介な性格だな。人の心配より、自分の心配をしろよ」

「……はい」

識嶋さんの言う通り、今考えるべきは優花ちゃんの環境や心境じゃない。

結婚に向けてやるべきこと、考えなければならないことは山ほどあるのだ。

それに、仕事だってそうだ。

識嶋さんの妻として、これまでよりもしっかりこなさなくては。

シキシマのマイナス的存在にならないよう、努力することは必須なのだ。

優花ちゃんの現状については、受け止めるだけにしよう。

私は彼がつねった頬に笑みを浮かべた。

「今は自分のやるべきことに集中、ですよね」

「そうだな。まあ、またなにかあろうが、俺が守ってやるからそこは安心しておけ」

窮地に陥った私を何度も救ってきてくれた識嶋さんのやさしい言葉に、私はしっかりとうなずいてみせる。

「ありがとうございます。頼りにしてますね」

伝えると、彼は微笑みで応えた直後、突然思い出したように私を見た。

「母から連絡があって、結納の日取りを決めろとせっつかれた。美織の休日であれば、あとは俺のほうで決めてもいいか？」

「大丈夫です」

首を縦に振ると、識嶋さんは鞄を自分へと引き寄せ、取り出した高級そうな革の手帳を広げる。

そして、休日の日付に指を滑らせたかと思えば、再び視線を私へと戻した。

「今週末の社内パーティーで婚約の発表をするのも問題ないな？」

「……………。あっ！　はい！」

しまった。昨日までオリエンのことで頭がいっぱいだったから、パーティーが今週末だったのを失念していた。

彼に確認されて思い出したけど、変な間が空いたのと返事の勢いがよすぎたせいか、忘れていたのがバレたようで。

「まさか忘れていたとは言わないだろうな。さすがにないよな。婚約発表だ。あるはずがない」

先ほどまでのやさしい雰囲気はどこへいったのか。

識嶋さんは冷たい目で私を見つめて否定の言葉を浴びせ続けた。

謝るべきか、ごまかすべきか。

とりあえず顔に笑みを張り付かせながら悩んだ私は……。

「ごめんなさい、識嶋さん。コーヒーでも淹れますね」

謝りながらごまかすという合わせ技を使った。

しかも、コーヒーを淹れる為にこの場を離れるという逃げ技も追加。

それに従い立ち上がったけれど――。

「どこへ行く？」

彼の大きな手が、私の手首を捕まえて。

「お、おいしいコーヒーをご馳走しようかと思いまして」

「必要ない。今必要なのは、反省の姿勢だ」

座れ。

ついさっきまで私が座っていた場所を手で軽く叩きながら、怒りを抑えた笑顔でそう告げた識嶋さん。

私は観念しソファーに座り直したのだった。

シキシマエージェンシーでは、年に一度、会社の創立記念日に懇談を目的とした社内パーティーが開かれる。

仕事との兼ね合いもあるので参加は自由となっているけれど、一流ホテルの料理が堪能できるのが魅力で、毎年けっこうな人数が出席しているようだ。

今年も例年どおり、午後六時から高級ホテルでのパーティーが開催されるわけだけど……。

「この時、社長が俺に話を振るから、俺が婚約者として美織の名前を発表した時にお前も壇上に上がってくれ」

現在の時刻、午後五時四十六分。

識嶋さん用の控え室で、私は緊張しながら彼の説明にコクコクと首を縦に振った。

「顔、固いぞ」

「固くもなりますよ」

身を包む肌触りのいいドレスは、今日の為にと識嶋さんが用意してくれたものだ。

コーラルオレンジのドレスの上にはオフホワイトのボレロ。

やさしい印象になる組み合わせなのに、纏う私の心臓は落ち着きなく脈打っている。

「美織は簡単な挨拶だけだろ」

「そうですけど、それでも大勢の前に識嶋さんの婚約者として立つんですよ？　普通は緊張するんです」

次期社長の婚約者ともなれば、祝福のあたたかい目だけでなく、好奇の目で見られることもあるはずだ。

もしかしたら不安を覚える人もいるかもしれない。

未来のシキシマを導く人の隣にいるのが、私で大丈夫なのか、と。

もちろん努力はする。

でも、その結果は今すぐ目に見えるものではないし……。

「美織」

「はいっ」

ついつい考え耽《ふけ》っていた私は、彼の声に慌てて顔を上げた。

すると、識嶋さんは私をその力強い腕の中に閉じ込めて……。

「お望みなら、俺がその緊張をほぐしてやろうか」

甘い雰囲気を漂わせながら少しずつ顔を寄せてきた。

頬に触れる彼の指が少しくすぐったい。

これから彼がなにをしようとしているかなんてわかっているけれど、気恥ずかしさもあってわざと声を発してしまう。

「識嶋さんの失敗談でも聞かせてくれるんですか？」

けれど、識嶋さんは「それはまたの機会だな」と囁くと、そのままやさしく唇を重ねた。

宣言どおり、私の緊張を解こうとするように。

柔らかく、穏やかなキスを繰り返す。

「ドレス、似合ってる」

「今言うのはずるい」

キスの合間の褒め言葉に、私の頬が熱をもつ。

女性は、たくさん自分を喜ばせてくれる人を好きになる、となにかで読んだことがある。

そして、イケメンと呼ばれる人たちはその顔立ちだけで女性を喜ばせているので選ばれやすい、とも。

そうであるとすれば、今の識嶋さんは最強なのだ。

これ以上彼を好きになったらどうなってしまうのか、なんて考えながら彼の唇に応えていると。

「あの時と一緒だ」

僅かに離した唇を動かして話してくれる。

「西園寺のパーティーで、お前はしっかりと俺の彼女を演じてただろ。だから、今回も大丈夫だ」

焦げ茶色の私の髪を指で梳《す》きながら、励まし、自信を与えてくれる識嶋さんに、私は吐息と共に「……はい」とうなずいた。

やっぱり、私はこの人が好きだ。

失敗しながらでも、一つひとつ乗り越えて、彼と共に生きていこう。

そう、ひっそりと決意した時、室内にノックの音が響いて、私たちはくっついていた体を離した。

次いで、ドアの向こうから「玲司様」と、彼の運転手を務めている内藤《ないとう》さんの声が聞こえ、識嶋さんは「どうした」とドアをあける。

内藤さんは識嶋さんに子供の頃からついている方なのだと、彼と付き合うようになって内藤さん本人から教えてもらった。

『玲司様は昔から努力家でやさしい方ですよ』

微笑みながら、そう話してくれた内藤さんの姿は、識嶋さんのことを大切に思っているのだと感じられた。

そしてまた、識嶋さんも内藤さんに信頼を寄せている。

「玲司様にお会いしたいと仰る方がフロントにいらしてまして」

「誰だ」

「それが……その」

次の言葉を渋る内藤さんに、識嶋さんは眉を寄せた。

私も内藤さんの態度に首をかしげ、識嶋さんと目を見合わせる。

そして、識嶋さんが促そうと口を開きかけた時。

「弟、だと」

内藤さんは、悩んだような表情で口にした。

「弟？」

「はい……。あなたの、弟だと」

……識嶋さんの、弟？

そんなの初耳だ。

確か、社長の前の奥様との間には子供はいなかったはず。

識嶋さんも意味がわからないといった様子で頭を振った。

「俺の弟？　そんなものいない。内藤も知ってるだろう」

「もちろん存じております。ですが……よく、知っていらして」

「なにを」

識嶋さんに促されるも、内藤さんはチラリと私を見る。

多分、私の前で口にしてもいいのかわからないのだろう。

識嶋さんも意図に気づいたらしく、けれどまた小さく首を横に振った。

「美織に隠し事はない。話せ」

言い切った識嶋さんに、鼓動が跳ねる。

彼のこういう潔さというか、まっすぐなところ、本当に好きだな……などとときめいている間にも、内藤さんは話を続けている。

しかも、その内容が――。

「あなたと社長に、血のつながりがないことを、です」

なんだか物騒なもので、私は驚き固まってしまった。

弟だと名乗る人が突然現れて、しかも社長と識嶋さんの血縁について知っている。

これはいったいどういうことなのか。

「……美織」

「は、はい」

いつもより少し固い識嶋さんの声が私を呼んで、私は思わず背筋を伸ばす。

「一緒に来てくれ」

そのひと言が、私を必要としてくれているようで、うれしくて。

「はい」

私はしっかりとうなずいて、識嶋さんと共にホテルのロビーへと向かった。

クラシカルな内装の広いロビーには、シックなデザインのソファーが並んでいる。

私たちが現れると、ソファーから立ち上がり、笑顔で手を振りアピールする男性がひとり。

「来た来た。待ってましたよ、兄さん」

彼は、昔からの知り合いのように親しげな雰囲気で識嶋さんに話しかけてきた。

こんな風に気軽に接する人なんて、家族以外では相馬先輩くらいしか見たことがない。そのせいか、弟はいないはずなのに、本当に弟なのではと思い込んでしまいそうになった。

それに……よく見ると、似ているような気もする。

社長に。

この人懐こさとか、笑った顔とか。

でも、識嶋さんは惑わされていないようで。

「俺に弟などいない」

冷静に否定してみせた。

けれど、相手は少しも気にしてないようで笑みを携えたままだ。

「ここにいますよー」と軽いノリで言いながら、自分を指差して笑っている。

この余裕がある感じも、社長を彷彿とさせた。

識嶋さんの少しイラついた声が相手に向かって放たれる。

「目的はなんだ」

静かだけど、冷たい声。

そして、相手を威圧するような鋭い視線。

初対面の人なら少なからず萎縮してしまいそうなそれに、やはり弟と名乗る彼はニコニコと微笑んでいた。

「目的って。なんだか物騒な言い方にも聞こえるなー。今日は挨拶と相談に」

そう話すと、彼は小さく咳払いをして識嶋さんに右手を差し出し握手を求める。

「はじめまして、兄さん。僕は高瀬《たかせ》洸《こう》です」

「高瀬……？　親戚にもいない名だな」

あえて、その手を取ることなく覚えがないと口にした。

親戚にいない。誰も彼のことを知らない。

……となると、もしかして……隠し子、なのでは。

思い至った瞬間、その場合は識嶋さんの立場はどうなるのかと心配になり隣に立つ彼を見上げた。

けれど、識嶋さんは冷静に「お前など知らない」と、高瀬さんを一刀両断。

対する高瀬さんは、クスクスと肩を揺らしてから識嶋さんに一歩近づくと、声を抑えめにしながら告げる。

「知ってるかどうかは問題じゃないんだ。血がつながっているかどうか、が問題だろ？」

シキシマを継ぐ者にとっての、重要なポイントを。

識嶋さんはだまったまま高瀬さんを見つめている。

その瞳には、怒りも悲しみも感じられず、相手を探ろうとしているようにも見えた。

なにも言わない識嶋さんに、高瀬さんは相変わらず口もとに笑みを浮かべたまま……。

「ごめんね、傷つけたかな」

からかうような口振りで謝った。

……初対面で相手のことを決めつけてしまうのはよくないけれど、私、この人は苦手だ。

なにより、識嶋さんを傷つけるなんて……いや、人を傷つけることを平気な顔で言うなんて最低だ。

「でも、血のつながりなんて関係なく兄さんと呼ぶ僕の心の広さ。ね、僕のほうが後継者にふさわしいでしょ？」

目の前にいる人の、自分しか見えてないような言葉に、視界が暗転しそうな気分になる。

こんな人に大企業のトップなんて務まるはずがない。

今までだまっていたけれど、もう我慢の限界だ。

「いいえ。いきなり押しかけて、人を思いやれない態度で接するような人に、シキシマのトップにはならないでほしいです」

余計な口出しをするなと言われてもかまわない。

私は思ったままを口にした。

「美織……」

「ごめんなさい、識嶋さん。いきなり話に入って」

謝ると、彼は淡い笑みを浮かべて小さく首を横に振る。

そんな中、高瀬さんは私を難しい顔で見つめながら、なにやらぶつぶつとつぶやいていて。

「みおり……みお……美織！　君が兄さんの婚約者！」

思い出し、スッキリした顔でひとりウンウンとうなずいている。

「写真で見るよりかわいいね」

「お世辞はけっこうです」

冷たくあしらうも、識嶋さんを相手にしていた時と同様に高瀬さんは余裕の態度で笑った。

そして――。

「うん、いいね。ねえ兄さん、その子ごと全部僕にちょうだい」

まるで、お菓子をねだる子供のように識嶋さんにお願いした。

ありえない。この人本当に苦手だ。

識嶋さんは先ほどよりもさらにイラつきを見せている。

「断る。父ではなく、何故俺を呼んだ」

……そうだ。

何故社長を通り越して、識嶋さんなのだろう。

この質問に、高瀬さんは初めて困った顔を見せた。

「父さんは逃げちゃいそうだから、先に兄さんかなと」

「逃げる？」

「うん、だって母さんが言ってたから。弱いから、立ち向かわなかったって」

社長が……立ち向かわなかった？

それはなにに対しての話なのか。

識嶋さんとふたり、顔をしかめていると、高瀬さんが腕時計に視線をやる。

「そろそろパーティー始まるんじゃない？」

言われて、確かに時間がないことに気づく。

識嶋さんも腕時計を見て確認しつつ、目の前の人物をどうしたものかと考えあぐねているようだ。

でも、切り上げたのは高瀬さんからで。

「とりあえずビックリしてるだろうし、落ち着いたらでいいから、ちゃんと考えておいてね」

またね。

言い残した彼は戸惑う私たちを残し、ホテルから去っていった——。

私たちは高瀬さんの背中を追いかけることはなかった。

今は彼を問い詰めるよりも、もうひとりの関係者に確認するほうが早いからだ。

だから、識嶋さんはそのまま私を連れて社長と識嶋さんのお母様がいる控え室に向かった。

少し強めのノックをし、識嶋さんが「玲司です」と名乗る。

すると中から社長の入っていいぞという明るい声が聞こえて、識嶋さんはドアノブを捻った。

控え室の中には幸いと言うべきか、お母様は不在だった。

後ろ手にドアを閉めた識嶋さんは、鏡の前で身だしなみをチェックしている社長に声をかける。

「伺いたいことがあります」

「おう、なにかな？」

社長は鏡越しに識嶋さんに視線を向け、けれどまた自分へと戻す。

「今、俺の弟だと名乗る人物が来ていました」

「はー、そりゃまた傑作だな」

イタズラかなにかだと思っているのか。

本気にせず、カラカラと笑う社長。

この反応であれば、隠し子だなんてことはないだろう。

そう直感したのは、どうやら識嶋さんも同じようで。

「ええ。とりあえず名前を聞いたので耳に入れますか？」

「ほう、名乗ったのか。で、名は？」

「高瀬洸、と」

この流れなら当然『誰だ？』という反応が返ってくるものだと思っていた。

けれど、予想に反して……。

「……たか、せ？」

社長は動きをピタリと止めて、固まってしまったのだ。

こちらを振り向くこともせず、驚いた顔で鏡の中の自分を凝視している。

その顔は、心なしか青ざめているように見えて。

「……父さん?」

識嶋さんが怪訝そうに声をかけると、社長は我に返ったように瞬きをした。

そして、私たちを振り返ると確かめる。

「高瀬、と……本当に言ったのか?」

「ええ。父さん……高瀬という人物に心当たりが?」

識嶋さんの問いに社長は答えず、今度は私に「本当に高瀬か?」と確認してきた。

「はい。私も確かに聞きました」

肯定すると、社長の目が泳ぎ始めて。

「そ、そうか。高瀬か……」

ひとりでつぶやき、落ち着きなく室内を歩き続ける。

そして、何かを決意したかのようにうつむいていた顔を私たちに向けると「すまん」

とひと言。

そのまま続けられた言葉は……。

「婚約発表は延期だ」

信じられないものだった。

「識嶋さん、どうぞ」

鉄板の上で焼けている丸いお好み焼きをコテで切り分け、そのひとつを彼のお皿に乗せる。

ふわふわと踊るおかかが食べて食べてと急かすように見えるけれど、識嶋さんはそれに手はつけず、グラスに注がれたビールを飲んでいるだけだ。

彼はパーティーの夜からずっと、家ではこんな風に心ここに在らずといった様子で、ぼんやりとしていることが多い。

原因はもちろん、彼の弟だという高瀬さんの存在だ。

彼が現れたその日、パーティーは滞りなく行われた。

社長もいつもどおりの様子で挨拶をしていたし、ドレスアップし参加していた社員たちも楽しそうな笑顔を見せていた。

婚約発表をしなかったことさえ除けば、なにも問題なく終わったけれど……。

結局、パーティー後も社長とはちゃんと話せず、高瀬さんに関してはなんの情報もない状況だ。

いつもはすぐに部下に探らせたりする識嶋さんも、今回ばかりは動いていないようだった。

まあ……当然だろう。

高瀬さんのことを探ろうとすると、おのずと社長の過去を探ることにもなる。

自分の父親を疑いながら動くなんて、識嶋さんはしたくないのだ。

なにより……。

「……アイツが本当に父の血を引いているのであれば、俺の存在はシキシマにとって不要になるのか？」

識嶋さんは、不安を抱えている。

私に、弱音を吐いてしまうほどに。

焦げる前にと鉄板の上のお好み焼きを別のお皿に移しながら、私は答える。

「なりませんよ」

「何故言い切れる」

「もし、万が一、彼がシキシマを継ぐことになったとしても、あなたはあなたのやり方でシキシマを守ればいいと思います」

私は、この家にお世話になってからの識嶋さんしか知らない。

どれだけがんばってきたかも、どんな苦労をして、どんな覚悟で今日ここまできたのかも。

それでも、少しでも支えたいと思っている。

痛みがあれば、百パーセント理解できなくても、和らげる努力をしたい、と。

「もちろん、私にできることがあればお手伝いさせてくださいね」

告げると、識嶋さんはようやく微笑んでくれて。

「お前はいつもまっすぐだな。そして、変わらない」

続けて、小さく笑った。

だから私も微笑んで「識嶋さんもですよ」と、彼の心根のまじめさを褒めた。

けれど——。

「俺は、美織に会って少し変わったよ」

彼はうれしい否定を口にし、箸を手に取る。

そして、お好み焼きを食べ始めた識嶋さんを見つめながら、私は思い出していた。

確かに彼は変わった。

東京本社に異動してきたばかりの頃に比べて、社内での人間関係はよくなっている。

識嶋さんの言うとおり、私の存在が彼を少しでも変えるきっかけになれていたのきなら、役立ててもらえてうれしく思う。

そう考えると、もし高瀬さんが本当に弟だとして、シキシマを継ぐのであれば、誰かの影響でいい方向に変わることもあるのかもしれない。

……いや、識嶋さんと高瀬さんは違う。

父親の為にとがんばっている識嶋さんと比べるべくもなかった。

一瞬でも期待してしまい、なんだか識嶋さんに対して申し訳ない気持ちになりつつ、私もお好み焼きを口に入れたのだった。


婚約発表については、また落ち着いたら考えよう――。

私たちはそう話し合い、まずは高瀬さんのことを解決させるほうが先だという結論に至った。

といっても、識嶋さんからは積極的に動くことはしないようだ。

彼の話によると、どうやら社長が高瀬さんに関して調べている気配があるらしい。

なので、その結果を受けてから識嶋さんもどのように動くか決めるのだろう。

なにもできず待つだけというのはもどかしいけれど、ひとまず私も会社にいる間は仕事に集中するようにしていた。

そして、定時も過ぎ、フロア内にも人の姿が少なくなり始めた午後八時。

明日のプレゼン用の資料を作り終えた私は、大きく伸びをすると帰り支度を始める。

本当はまだ残っている仕事はあるけれど、明日に回すことにした。

それに今朝、識嶋さんも早く帰れそうなことを言っていたし……と、思い出しつつ、チラリと目を彼に向ければ。

——バチリ。

互いの視線がぶつかって、ス……と、識嶋さんの右手人差し指が立つ。

どうやらあと一時間ほどで終わるようだ。

こういうこっそりとしたやり取りを社内でたまにするとき、友達とし合うのとは違って、識嶋さんが相手だと少しドキドキする。

幸福感でくすぐったいというか、つい頬がだらしなく緩みそうになるのだ。

にやけてしまいそうなのを抑え、私は鞄を手に廊下へと出た。

そしてすぐにスマホを手に取ると、識嶋さんにメッセージを送る。

【甘いコーヒーが飲みたいので、近くのカフェにいますね】

すると、ほどなくして識嶋さんから返信が入った。

【早めに終わらせて迎えに行く。少し遠回りして夜景でも見て帰るか？】

うれしいお誘いに、そういえば今日はリムジンではなく識嶋さんの車で出社したのを思い出す。

帰りがてらのデート。

短い時間でもいつもと少し違うことがうれしくて、私は行きたいですと素直に返し、ビルを出た。

——直後。

「出てきた！　美織さんお疲れー！」

予想もしていなかった人物が私の前に現れ、瞬きを繰り返した。

「た、高瀬さん？」

そうなのだ。

先日、識嶋さんの弟だと名乗り現れた人が、何故か私を笑顔で出迎えている。

「ごめんごめん、ビックリした？　どうしても君に会いたくて」

「……はい？」

どうして、彼が私に会いたがるのか。

目的がわからない私は首を捻ってあの日と同じようにニコニコしている高瀬さんを見つめた。

「あ、警戒してる？」

「してます」

しないはずがない。

識嶋さんの弟だというだけでなく、高瀬さん自身どこか信用ならない雰囲気がある。

「大丈夫、別にストーカーじゃないよ？」

……この人は、どこまで知っているのか。

それとも知らないで話しているのか。

どちらかわからないけれど、余計なことを話すべきではないと考えて、私はなにも答えずにいた。

すると高瀬さんは楽しげに目を細めて。

「ふぅん、けっこう賢いんだ」

感心したようにうなずく。

「まあ君のことはいいや。それより、教えてくれない？　兄さんのこと」

「識嶋さんのこと？」

「兄弟だしさ、仲良くなりたいんだ」

それは本心からなのか、建前なのか。それともなにか目的があるのか。

私には皆目、見当もつかないけれど、ただ、これはもしかしたらチャンスなのかもしれない。

高瀬さんを探るチャンス。

そう思ったら、逃してはいけない気がして。

「私、今からカフェに行くんですけど、そこでよければ」

誘ってみると、高瀬さんは快諾した。


「いらっしゃいませ」

笑顔の素敵な女性の店員さんに迎えられ、私たちは窓際のカウンター席に並んで座った。

彼は甘党のようで、私と同じホイップたっぷりのカフェモカを注文。

高瀬さんはストローに口をつけるとマジマジと私を見て「美織さんてかわいいよね」と言った。

「ありがとうございます」

とりあえず笑みを作って返すと、彼も笑みを浮かべる。

「お世辞じゃないよ？　本当に僕の好みだし」

……正直、誰にでも言うんだろうなという感想だ。

なんていうかこう……そう、ホストにいそうな外見なのだ。

ハッキリとした目鼻立ちで、人懐っこく、モテそうな雰囲気がある。

「年は？　いくつ？」

身を乗り出すように聞かれて、私は少し体を後ろに引く。

「今年で二十七です」

「おお！　僕と一緒。じゃあ敬語はなしね」

まさかの同じ年とは。

どちらかといえば童顔なので年下だと思い込んでいた。

まあ、今は年齢の話よりも聞きたいことがある。

私は少しだけ体を高瀬さんの方に向けて聞いてみる。

「あの、あなたは本当に社長の息子さんなんですか？」

遠回しに聞いてはぐらかされても嫌なので、直球で質問した。

すると、

「そうだよ。美織ちゃん、敬語やめてよ」

すぐ肯定し、それを軽く流しながら自分の要求を口にする。

ここで敬語を続けると話題が逸れてしまうかもしれないので、私は話し方を変えることにした。

「……それなら何故、今までだまっていたの？」

これは、彼が現れてからずっと不思議に思っていたことだ。

識嶋家の血を引いているというならば、今になって現れたのはどうしてなのか。

簡単には答えてくれない質問なのは百も承知だけど、聞いておきたかった。

高瀬さんは、手もとのカフェモカに視線を落とし、少しだけ考える素振りを見せた後、「ま、いいか」とつぶやいてから話す。

「母さんに禁止されてたんだ。これはふたりだけの秘密で、母さんがOKを出すまでは会いに行くのもダメだって」

彼の口から母親の存在が明らかになり、私はすぐに確認する。

「OKが出たの？」

「そうだよ」

……何故、高瀬さんの母親は今OKを出したんだろうか。

そこまで突っ込んで聞いてもいいのか悩んでいると、高瀬さんは「ところでさ」と話題を変えてきた。

「美織ちゃんは兄さんのどこが好きなの？」

しかも恋バナだ。

いや、識嶋さんのことを知りたいと言っていたから、恋バナという感じではないのかも。

「どこが……どこだろう」

改めて考えると難しい。

彼を好きだなと思うことは多いけど、でも、識嶋さんだからです、なんて答えでは、高瀬さんに識嶋さんのことを教えてあげられないわけで。

なので、識嶋さんのいいところをあげてみることにした。

「彼はとてもまじめです」

「うん、そんな感じするよね。まじめすぎて空回りとかしそうだけど」

……それはなきにしもあらずだけど、とりあえずそこに同調はしないでおこう。

「あと、やさしいですよ」

「えー、あんな冷たい感じなのに？」

高瀬さんは眉をひそめて疑いを口にした。

「確かに時には冷たいかもですけど、あたたかいところもちゃんとあるんです」

「ちょっとやさしくしただけで、なんかすごくやさしく見えるってだけじゃないの？」

そんなことない……と思うけど、私の場合は惚れた弱みもあるし、恋人だからこそやさしくされているというのもあるのかもしれない。

即座に否定できず言葉に詰まると、高瀬さんは楽しそうに笑った。

「で、あとは？」

「お父様と、会社を大切に思っています」

「へえ〜。そういうとこまで好きなの？」

「好きですね。だから、少しでも力になって、支えられたらと思ってます」

ウソ偽りのない本音を話すと、高瀬さんが小首をかしげる。

「それさ、僕が継いでも思ってくれる？」

「……あなたが、識嶋さんと同じようにまっすぐに会社やお父様の為にがんばってくれるのであれば」

「僕のお嫁さんとして？」

「それはないです」

これはあくまでも、識嶋さんのパートナーとしての話だ。

だから即座に否定すると、高瀬さんはクスクスと肩を揺らす。

「つれないなー。しかもいつの間にかまた敬語になってるし」

「……あ」

指摘されるまで気づかなかった私は、思わず口を押さえた。

「あはは、君はマイペースというか、素直でいいね」

「そう、かな？」

「うん。ウソだらけの世界で育った僕には少しうらやましいかも」

ウソだらけの世界。

その悲しい響きに、彼の生まれ育った環境が否が応でも気になった時だった。

「あ、兄さん！」

高瀬さんが、私の背後に向かって手を振ったのだ。

そして、直後。

「気安く呼ぶな」

すぐ後ろから識嶋さんの声がして、私は驚き腰を捻って振り返る。

立っているのは、スーツ姿の識嶋さんで、私はもうそんなに時間が経ったのかと、腕時計を確認した。

けれど、まだ一時間は経っていない。

「美織、なにしてる」

識嶋さんの視線は高瀬さんにあって、何故彼といるのかを聞いていた。

「実は」

「俺が誘ったんだよ。そしたらＯＫもらえたから仲良くデートしてたんだ」

「えっ！」

全然違う！

識嶋さんのことを知りたいから、話を聞きに来たはずだ。

というか、よく考えたらカフェには私から誘ったから、正確には話を聞きに来たらカフェに誘われた、になる。

それはそれでなにだか誤解されそうな説明になるけど、まさか高瀬さんの前で何か探れればと思って誘いましたとは言えない。

どう説明したものかと悩んでいると、識嶋さんは特に怒った様子も見せず、私の腕を軽く引いた。

「帰るぞ」

「兄さん怒らないの？」

「美織の反応を見れば、お前が振り回したのは想像がつく」

冷静に分析していた識嶋さんの態度に、高瀬さんは「なんだ、つまらないな」と笑みを浮かべながら言った。

つまらない、というより楽しんでるように見えるその表情は、彼の本当の姿を隠しているように感じる。

それは多分、さっきふと零した〝ウソだらけの世界〟という言葉のせいだろう。

「怒らせたいなら頭を使うんだな。美織、行くぞ」

「はい」

飲みかけのカフェモカを手にし、歩きだした識嶋さんの背を追いかけた瞬間。

「美織ちゃん」

高瀬さんの声に呼び止められ、足を止めた。

「なに？」

「また今度、話聞かせてね」

「……今度は、直接識嶋さんと話すほうがいいと思うよ」

「美織ちゃんから聞いたほうが面白いから。じゃね」

笑顔でそう話すと、彼は私たちに背を向ける。

私も識嶋さんも、それ以上声をかけることはなく店を出たのだった。

そして、識嶋さんの車に乗り込んだ直後——。

「ずいぶん、仲良くなったな」

エンジンをかけたばかりの車内で、識嶋さんがそんなことを口にした。

「え？　全然よくないですよ」

どこをどう見てそう感じたのか。

私は楽しそうにしてもいなかったし、高瀬さんの態度は初めて会った時からあんな感じだしと、不思議に思いながら識嶋さんを見つめた。

すると彼はこちらを見ないまま、形のいい唇を動かす。

「話し方が親しそうだった」

ああ、なるほど。

その部分かと私は納得する。

「あれは、年が同じだから敬語は使うなって言われて」

「それなら俺にも敬語は使うな」

「え……でも、識嶋さんは上司だし、年上だし……」

会社でうっかりタメ口を使わないようにと思っていたんだけど、もしかして敬語なのを気にしていたのだろうか。

「婚約者で、来年には夫になる」

「そう、ですけど……」

「それともなにか？　お前にとってアイツは俺より特別なのか？」

「そんなわけ……」

ないですよ、と答え切る前に気づく。

敬語を使ってほしかったわけではなく……嫉妬なのでは、と。

けれど、嫉妬ですかと突っ込む勇気もなく、私は「そんなわけないです」ときっぱり否定する。

識嶋さんはなにも答えず、ただアクセルを踏んだ。

そのまま大した会話もせず、夜景がキレイに見える場所まで車を走らせ、道路脇に停める。

彼は降りる気配を見せず、小さく息を吐くと「悪い」と声を零した。

「……私は、識嶋さんだけが好きです」

少し恥ずかしいけど、誤解されたくなくて想いを告げる。

特別なのはあなただけだと、知ってもらう為に。

「話し方なんて関係ありません。大事なのは気持ちです。でも、気をつけますね」

気持ちを持っているだけでは伝わらないこともあるから。

気持ちを持っていても、不安は生まれてしまうものだから。

反省を伝えると、識嶋さんはようやく私を見て微笑んでくれる。

そして、手を伸ばし私の頬に触れながら言った。

「まあ、そのうちでいいから、ふたりでいる時くらいは敬語を取れ」

幸せな変化を。

ふたりの特別を。

「……うん！」

早速、少しだけ努力をしてみれば、彼はうれしそうに目を細め、助手席に座る私を引き寄せ抱き締めてきて、私は、与えられた幸福感に破顔したのだった。


また来るような話はしていたけど、再びの待ち伏せ攻撃は一週間後に決行された。

「待ってたよー」

高瀬さんはひらひらと手を振り、ビルから出てきた私を迎える。

私はため息を吐き出して、うつむいてしまった顔を上げた。

「識嶋さんのことなら直接聞いてって言ったじゃないですか」

指摘すると、彼は「そうだっけ？」なんてあからさまにとぼけながら笑った。

「ところで、なんでまた敬語？」

「それは覚えてるんですね」

嫌味を言ってみるも、高瀬さんはまたあははと笑うだけ。

「まあいいや。今日は兄さんよりも君だよ」

「はい？」

「言ったでしょ？　会社と、君をちょうだいって」

それは、ホテルに押しかけてきた時の話で、私はあの時の様子を思い出しながら眉根を寄せた。

「私は物じゃありません」

「もちろんわかってるよ。それはさておき、ちょっと付き合ってよ」

本当にわかっているのか。

わかっているとしても軽く流していると思える態度にイライラする私の腕を、高瀬さんが強引に引っ張る。

「え、あのっ、待ってください！」

付き合うってどこへ？

もう夜も九時を過ぎて、この前のカフェも閉店しているはずだ。

いったいどこに向かうつもりなのかと、困惑しながら無理矢理歩かされていたら。

「高梨？」

背後から相馬先輩の声がした。

けれど、振り返ることも許されず。

「ほら、早く早く！　はい、乗ってー」

私は、路上に停まっていた黒い車の後部座席に押し込められてしまう。

「もう！　なんなんですか！」

私の隣に座る高瀬さんに抗議すると、彼は微笑んで説明する。

「今日は美織ちゃんのリクエストに応えようと思って。出して」

高瀬さんが運転席の男性に頼むと、車がゆっくりと走りだした。

運転手つきって……そういえば、高瀬さんは普段なにをしている人なんだろう。

疑問に思いながら、体勢を整えて座ると、高瀬さんは私の心を読んでいるかのように説明してくれる。

「あ、運転手がいるからって俺は金持ちのお坊ちゃんじゃないからね。これは母さんの車だし。母さんは仕事には別の車使うから、こっちは貸してもらえるんだ。でも、僕は運転下手だから他の人に運転してもらってるんだ」

つまり、車は貸すけどぶつけられると困るから運転手をつけられてる、ということらしい。

それでも、運転手がつくというのは一般的ではない。

本人は違うと言ってるけど、多分それなりに裕福な家庭で育っているんだろう。

まあ、彼の生活背景はさておき。

「私のリクエストって？」

さっき言われたことを確認すると、高瀬さんは足を組んで笑みを深める。

「確かめたいでしょ？　母さんがウソついてるのかどうか」

「え……」

「だから、直接話してみればいいんじゃないかと思ってさ」

いきなりの展開に、私は混乱しそうになる。

今から高瀬さんのお母様に会うこともそうだけど、そのお母様に社長や識嶋さんの許可なく話を聞いてもいいのだろうか。

……そうだ、識嶋さんに相談しよう。

そう考え、私は鞄の中にあるスマホを取ろうと手を入れたのだけど……ここで、初めて気づいた。

スマホを会社に忘れてきたことに。

これではなにかあっても識嶋さんに連絡が取れない。

とりあえず、いい方向に考えをもっていこう。

もし話が聞けるなら、識嶋さんが悩まなくてもいいようになるかもしれないわけで、ならばそれに越したことはない。

なるべく穏便に、社長と高瀬さんの関係を確かめてみよう。

それでもし余計なことをしたと怒られるなら、受け入れて謝るのだ。

決意すると、私は背筋を正して窓の外を流れる、街の灯りをひたすら眺め続けた。

やがて、銀座の高級クラブが立ち並ぶ一角に車が停まって、私は高瀬さんに案内されるままに、煌びやかな街の中を歩く。

「こっちだよ」

高瀬さんは私を連れてビルのエレベーターに入ると、最上階のボタンを押した。

エレベーターの上部にある案内には、最上階には『クラブ・プリュム』と表示されている。

もしかして、高瀬さんのお母様はここで働いているんだろうか。

職場に押しかけるのは迷惑なのではと尻込みしている間に、エレベーターは目的階に到着。

扉が開くとすぐに、店へとつながる造りになっていた。

「いらっしゃいませ」

黒服の男性が私に一礼する。

続けて、高瀬さんにも静かに頭を下げた。

「母さんいる？」

「はい。お待ちください」

どうやら高瀬さんの顔は覚えられているらしく、黒服の男性は店の奥へと姿を消していく。

そして、再び現れた時、微笑みを携えた着物姿のキレイな女性を連れて戻ってきた。

もしかしてこの人が、と思った矢先、隣に立つ高瀬さんが「母さん」と口にする。

そして、私の肩に手を置くと……。

「この子、兄さんの婚約者だよ」

識嶋さんの婚約者だと紹介した。

「……は、はじめまして。高梨美織と申します」

「はじめまして、洸の母でこのクラブを経営してます高瀬 瑷子《あいこ》と申します」

夜会巻きにセットされた頭を優雅に下げ、挨拶をされた私は、その佇まいの美しさに感嘆の息を吐き出しそうになる。

「母さん、美織ちゃんが母さんに聞きたいことがあるみたいだから、聞いてあげて。僕は来たついでに仕事手伝ってくるから」

「えっ、高瀬さん?」

驚く私を振り返ることもなく、高瀬さんは店の裏へと姿を消した。

取り残され戸惑っていると、高瀬さんのお母様が話しかけてくれる。

「時々、うちの手伝いをしてくれるのよ。立ち話もなんですから、席にどうぞ」

右手でソファー席を指し示し、私を空いている席に座らせた。

心地よく沈むソファーに腰かけたまま、私は謝罪する。

「すみません、突然押しかけて……」

頭を上げると、高瀬さんのお母様はゆるりと首を振った。

「洸が無理に連れてきたのでしょう? あの子、昔から強引だから。あの人も少し強引なところがあるから、血なのかしらね」

息子のことを語りながら、いきなり思わせぶりな発言をした高瀬さんのお母様。

「それで、聞きたいことってなにかしら」

仕事柄なのか、どこか話しやすい雰囲気を醸し出している彼女に、私は静かに問いかける。

「その、社長のことです。本当に洸さんは……」

「あの人の子よ」

堂々と肯定され、私は「そうですか」としか答えられず、なんとなく愛想笑いを浮かべた。

そして、肯定は当然だと考える。

違うなんて答えが返ってくるなら、最初から高瀬さんは私たちの前には現れていないからだ。

それなら次の質問へと移ることにする。

「洸さんから聞きました。あなたが会うのを禁止していたと。何故、今になってＯＫを出したのですか?」

「識嶋玲司が婚約すると聞いたからよ」

「え?」

識嶋さんの名が出て、私は目を丸くした。

「結婚は会社の為でもあるのでしょう？　でも、彼は後妻の連れ子。シキシマを継ぐのにはふさわしくない。それなら、洸の出番でしょう？」

「血が、つながってるからですか？」

その問いに、彼女はにっこりと笑うだけ。

「識嶋さんは、確かに血はつながっていないけれど、あの親子の間には大切なものが築かれていて、ちゃんと絆があります」

私はそれを見てきた。

もちろん、昔からではないけれど、それでもちゃんと感じてる。

社長は識嶋さんを息子として、自分の跡を継いで欲しいと願っているし、頼りにもしていると。

識嶋さんも、血のつながりはなくとも息子として受け入れてくれている社長のことを尊敬しているのだ。

だから、血のつながりだけが大切なのではない。

そう伝えると、高瀬さんのお母様は涼やかな笑みを浮かべて「素敵な関係ね」と述べただけ。

そして気づく。

この人は、肯定はしていても、本音で話さず曖昧にしていることに。

あの人と言いつつも、それが社長だとはひと言も口にしていないし、血のつながりを聞いてもうなずいてはいなかった。

つまり、ここまで来ても私はなんの役にも立てていないのだ。

そして多分、これ以上聞いても同じようにのらりくらりとかわされるだけだろう。

私には、彼女の口から重要なことを吐かせるような切り札はないのだから。

となれば、長居は無用。

「ありがとうございました。今日は帰ります」

私が立ち上がると、彼女は引き止める様子もなく黒服の男性に高瀬さんを呼びに行かせた。

そしてここに来た時と同じように、高瀬さんと私はふたりきりでエレベーターに乗り込む。

「なにか聞けた？」

「……なにも。あなた、お母さんそっくり」

彼女に育てられたからなのか、遺伝なのか。

素直に思ったことを口にすると、高瀬さんは小さく笑う。

「僕もそう思うよ。だから、わかるんだ」

「なにが?」

「ウソが」

そう言った彼の表情はどこか悲しそうに見えて。

けれど、かける言葉も見つからずにエレベーターから降りた。

「送っていくよ。車呼んでくるから待ってて」

高瀬さんはそう言うと、ビルの裏の方へと抜けて行く。

ひとり残された私は、ネオン輝く銀座の街を眺めながら不甲斐なさに肩を落とした
──刹那。

「美織!」

どうして、ここにいるのか。

スーツ姿の識嶋さんが人の間を縫って走り寄り、人目があるにもかかわらず私を抱き締めた。

「ケガは?」

「だ、大丈夫です」

無事を伝えるも、彼はいまだ私を抱き締めたまま。

「孝太郎からお前が車に無理矢理乗せられていたと聞いた。なにがあった」

識嶋さんの説明に、そういえば相馬先輩の声が聞こえたのを思い出す。

そうか。相馬先輩が心配して識嶋さんに話してくれたのか。

私は、高瀬さんにここに連れて来られたこと、高瀬さんのお母様と話していたことを伝える。

ストーカーの時や、優花ちゃんの時のようなものではないと知り、識嶋さんは大きく息を吐き出すと、ようやく腕の力を抜いた。

「ごめんなさい。心配かけて」

でも、どうやってここがわかったのか。

それを聞こうとした時、高瀬さんが戻ってきた。

「美織ちゃん、車……って、あっ、兄さんだ。よくここがわかったねー」

驚く高瀬さんを、識嶋さんは冷たい目で睨む。

「父に事情を説明して、聞いたんだよ」

「あ、そういうことか」

「高瀬、今後いっさい美織を巻き込むな」

静かな怒りを瞳に宿し、識嶋さんは私を背後に隠す。

「じゃ、僕にシキシマをくれる？」

相変わらず、おもちゃやお菓子を欲しがる子供のように軽いノリで尋ねる高瀬さん。

識嶋さんは、首を縦にも横にも振らず、高瀬さんをまっすぐ見て言う。

「俺は、シキシマを守らなければならない。それが、俺をなに不自由なく育ててくれた父への恩返しだからだ。シキシマのことを第一に考える。そうでなくてはならない。いや、ならなかった」

「過去形？」

高瀬さんが腕を組み首をかしげれば、識嶋さんは確かにうなずいてみせた。

「そうだ。それは過去の話。今は、シキシマを守りつつ、美織も守る。だから、お前にはどちらも渡せない」

大切なのものが増えたこと、それが私だということがうれしくて。

そっと、後ろから彼の背に手を添えた。

「でも、僕にはもらう権利があるんじゃない？」

「欲しいのは地位か？　それを望むなら、そんなものくれてやる」

「へー、いいんだ？」

「たとえお前が父の血を引いていたとしても、俺がシキシマを守りたいと思うのは変わらない。お前がトップに立つとしても、俺はシキシマの為に動くだけだ」

きっぱりと言い放つ識嶋さんに迷いはなく、心からそう思っていることが伝わってくる。

そのまっすぐさに、高瀬さんは呆れたように笑って言った。

「そんなのキレイごとだ」と。

けれど、識嶋さんは頭を振る。

「キレイごと？　これはただの欲だよ」

俺のワガママだと、識嶋さんは言って、微笑んだ。

その直後——。

「よく言った」

今度はなんと、社長が現れて。

「識嶋……社長？」

さすがの高瀬さんも予想していなかったのか、驚き固まった。

「地位にこだわらず、シキシマの為にできうることをする。俺は本当にいい息子をもったもんだ」

社長は識嶋さんを褒めると、高瀬さんに向かい合って立つ。

そして、告げた。

「高瀬洸君。君は俺の血を引いてはいないよ。君は、君のお母さんと俺が別れる原因となった男性の子だ」

社長の知る真実を。

社長は、今の奥様と出会う前に、高瀬さんのお母様と付き合っていたらしい。けれど、職業柄、男性との接触が多い高瀬さんのお母様は、他の男性と過ちを犯してしまった。

それを知り、別れたのだと。

高瀬さんは、その男性と高瀬さんのお母様との間に身ごもった子であり、付き合っていた時期を考えてもありえないのだと説明した。

静かに聞いていた高瀬さんは力なく笑う。

「……まあ、そうかなとは薄々」

この発言に、私たち三人は少し驚き高瀬さんを見た。

「知ってたの？」

私が尋ねると、高瀬さんは「だから、何となくね」と答える。

「なら、何故今までなにも言わなかったの？」

ウソをついているのではと、何故お母様に問い質《ただ》さなかったのか。

自分の出生を偽る理由はなんなのか。

聞きづらいことではあるけど、高瀬さんならしていそうなのに。

勝手なイメージだけど、不思議に思っていたら、高瀬さんはまた笑顔を貼り付ける。

「母さんがかわいそうだからね。僕まで、あの人を孤独にするわけにはいかないだろ？」

弱い人だから。

人を恨んで、それを糧に生きるくらいに、弱い人だから。

そう続けて、高瀬さんは苦笑した。

「あとは、単純に会いたかったんだ。母さんが執着する識嶋社長に。その息子にも」

初めて会った時に高瀬さんは言っていた。

社長は逃げそうだから、先に識嶋さんに会いに来たと。

もしかしたら、だけど。本当は識嶋さんに興味があったのではないだろうか。

識嶋さんも本当の父親がいない。

父親のいない自分と、境遇が少し似ているから。

その人となりや生き方を知りたかったのではないだろうか。

高瀬さんが吐露した本音に、識嶋さんはなにも言わない。

そんな中、社長がそうかそうかと答えた時だった。

「……店の前で騒がないでちょうだい」

どこか気だるそうな女性の声が聞こえて私たちが振り返ると、高瀬さんのお母様が立っていた。

社長は気まずさを僅かに混ぜたような笑みを浮かべる。

「瑷子さん、久しぶり」

「ええ、お久しぶりですね」

「できればいろいろと説明願いたいが、今から時間をもらってもいいかな?」

社長が尋ねると、高瀬さんのお母様は悪びれた様子もなく微笑んで……。

「もう少し、あなたを困らせたかったわ」

堂々と、自分がしたことを認めた。

これには社長も苦笑いを浮かべる。

「もう充分だろう。若い奴らを振り回すのもかわいそうだ」

「そうね……洸」

「ん?」

お母様に呼ばれ、高瀬さんが首をかしげた。

すると、彼女は少しだけバツの悪そうな顔をした後……。

「ごめんなさいね、母さんのワガママに付き合わせてしまって」

自分の非を認める。

きっと、高瀬さんの話を聞いていたのだろう。

高瀬さんもそれがわかったのか、やさしく微笑むとひとつうなずく。

「いいよ。なかなか楽しかったし」

笑いかけた高瀬さんは、少し切なそうな目で母親が店に入っていくのを見送ったのだった。


翌日、私たちは社長室に呼ばれて改めて顛末《てんまつ》を聞いた。

高瀬さんのお母様は、社長に捨てられたことを根にもっていて、ずっと子供には父親の正体を明かしていなかったが、高瀬さんが幼い時に識嶋社長が再婚した話を聞いて嫉妬。

再度近づく為にあなたは識嶋の息子だとウソをついたらしい。

バレてもかまわなかったのだと、昨夜、彼女は笑っていたそうだ。

社長もとんでもない女性と付き合ってしまったのだなと、密かに合掌していると。

「騒がせてすまなかったな」

私たちに頭を下げた社長。

これには識嶋さんも驚き、顔を上げてくれと頼む。

もちろん、私もうなずいて同意した。

顔を上げた社長は、もうひとつ暴露する。

「まあ、俺は子供ができない体だから、ありえないとは思ってたんだがなー。でも、人生なにが起きるかわからんだろ？」

だから一応、探りを入れてたんだよと、明るく笑った社長。

そうか。だから、識嶋さんのお母様との間に子供がいないのか。

でも、社長はそれを苦に感じている様子もなく、識嶋さんを見つめて言う。

「なにがあろうと、シキシマはお前に任せるからな。玲司、お前は何も心配せず、お前らしく進め」

信頼のまなざしを向けられ、識嶋さんはうれしそうにうなずいた——。

そして、その二週間後。

「わー！　海ですね！　青い！　キレイ！」

私は識嶋さんに連れられ、急遽海外に一週間のバカンスに訪れていた。

どうやら社長に無理矢理休みを取らされたらしい。

お詫びだから、仕事のことは忘れて南の島を満喫して来いと。

宿泊するホテルのバルコニーに出れば、頭上には青空が広がっている。

そびえ立つビルの群れはどこにも見えず、代わりにあるのは、椰子の木でいっぱいの緑あふれる自然。

広大な景色を眺め、私は都会とは違う清々しい空気を胸いっぱいに吸い込んだ。

このバルコニーからは海も見える。

しかも、このまま白砂のビーチに向かうことも可能らしい。

ただ、今日は到着したばかりなのと、もう日が傾き始める時間なので、青く透きとおる海を楽しむのは明日にしようと、機内で識嶋さんと話した。

その識嶋さんはというと。

「……ん……」

私の声に返事がないかと思えば、バルコニーに設置されているハンモックで爆睡中である。

目にもやさしい緑に囲まれ、すやすやと眠る識嶋さん。

高瀬さんのこともあり、滞っていた仕事を旅行前に徹夜続きで片付けていたのだから無理もない。

私は気持ちよさそうに眠る彼の邪魔をしないようにと、風の通るバルコニーからエアコンの効いた室内へと場所を移した。

天蓋付きのベッドに寝転ぶと、頭に浮かぶのは高瀬さんとの別れ際のこと。

『お幸せに』

彼は謝罪の言葉の後にそう告げて、去っていった。

それ以来、私たちの前には現れていない。

彼がこれからどんな人生を過ごすのか、それは私たちが気にすることではないけれど、でも、彼も幸せになってほしいと私は願っている。

生まれる場所は選べないし、誰しも好きなことばかりして自由に生きていけるわけじゃない。

好き勝手に文句を言って、大人に楯突く年齢もとっくに過ぎてしまった私たちは、今ある環境の中で生きていくのが精一杯だ。

でも、どう前を向いて進むかくらいは、きっとできるから。

だから、高瀬さんもこれからは、母親の思惑に縛られずに、自分らしく前を向きながら進めたらいいなと思う。

ウソだらけの世界で学んでしまった、ウソの笑顔を貼り付けなくてもいいように。

そして、私もそんな風に前を向いていられる強さをもっていたい。

またいつか、識嶋さんがなにかに迷った時、簡単には乗り越えられそうにない壁が立ちはだかった時、まっすぐな笑顔で、彼を隣で支えられるように。

目を閉じて、ふたりの未来をイメージする。

大好きな識嶋さんとの、笑い合っている未来を。

そんな幸せな……。

幸せ、な……。


——おい。

体が軽く揺すられて、私は重いまぶたを開いた。

どうやら私も疲れが溜まっていたらしく、あのまま眠ってしまったようだ。

「しき、しまさん……おはようございます」

「もう夜だけどな」

「えっ⁉」

飛び起きて外の景色に目をやれば、確かにそこには夜の世界が広がっていた。

急ぎ部屋の時計を見ると、夕飯の時間もとっくに過ぎている。

「ご、ごめんなさい。夕飯どうしましょう」

本来なら、併設されているレストランに食べに行くはずだった。

けれど、さすがに夜の九時も過ぎると難しいかもしれない。

深夜まで営業しているバーはあっただろうかと思い至った私に、識嶋さんが「問題ない」とラグジュアリーなスイートルームの片隅を指差す。

「頼んでおいた」

そこには、白いテーブルクロスがかけられたテーブルがあって、その上にはおいしそうな料理が並んでいた。

どうやらルームサービスを利用してくれたようだ。

彼はいつから起きていたのだろうか。

眠る私をあえて起こさず、気を使って頼んでくれたのかもしれない。

「識嶋さん、素敵すぎです」

感動を声にすると、識嶋さんはベッドに腰かけ私の頬に指を滑らすと……。

「当然だ」

小さく笑ってから、やさしいキスを唇に落とした。

夕食を終えた後、識嶋さんに散歩に出ようと誘われて、私たちはベランダから砂浜へ向かうことにした。

ただし。

「目、ちゃんと閉じてろよ」

「閉じてます！」

「絶対あけるな」

「わかってますってば」

私は何故か、識嶋さんの手を取り目を瞑《つぶ》らされている状態だ。

見せたいものがあるらしいのだけど、ベランダを出た直後から瞑らされているので、いったいなにを見せるつもりなのか見当もつかない。

手を引かれ感じるのは、砂浜を踏みしめる感触。

耳をくすぐるのは心地よい波の音。

寄せては返すその音を聞きながら、十分ほど歩いた頃。

「あけていいぞ」

許可が下りて、私はまぶたをもち上げた。

ずっと瞳を閉じていたせいか、少しぼやけているけれど、目の前に立つ識嶋さんは微笑んでいる。

彼の後ろには椰子の木が連なり、風に葉を揺らしていた。

識嶋さんの髪も同じように風に靡《なび》き、彼は「美織」と私の名を呼んで。

「振り返ってみろ」

私は素直に従い後ろを向く。

すると、そこには——。

信じられないほどの美しい景色が広がっていた。

海が淡く青く光っているのだ。

正確には波打ち際なのだけど、それは遠くまで続いていて、まるで光の帯のよう。

そして、広がる海の上には、その光に負けないほどの満天の星空……。

まるで、空に輝く星が海にも落ちてきたような幻想的な光景に、私は言葉を失ったまま。

「気に入ったか?」

風に揺れる私の髪をなでて、識嶋さんは背後からそっと私を抱き締めた。

彼の質問に、私はコクコクとうなずき、回されている腕に両手を添える。

愛する人に身を包まれて、こんな素敵な景色を見れるなんて。

「幸せすぎて、ウソみたいです」

これが現実なのか疑ってしまいそうな状況に声を零すと、識嶋さんが耳もとで囁く。

「言ってただろう？　夢の話」

それは、まだ私たちが想いを確かめ合う前のこと。

私の祖母のように、大切な人と共に星空を見上げたいという、私の夢の話だ。

識嶋さんは、それを覚えていてくれていた。

だから、この奇跡のような島に連れてきてくれたのだ。

「ありがとう、識嶋さん」

「まだある」

そう言って、識嶋さんの右腕が私を解放したかと思うと。

「これも、必要だろ？」

私の左薬指に、完成を待っていたエンゲージリングがはめられた。

そして再び、力強く抱き締められて。

「愛してる、美織」

想いを伝えられる。

その途端、堰《せき》を切ったように想いがあふれ出した。

たまらず、私は彼の腕を解いて向き合うと、自分から抱き付いて、至近距離で見つめる。

「私も愛してる……玲司さん」

勇気を出して彼の名前を初めて口にした。

目の前の整った顔が、一瞬驚きに彩られて。

けれど、すぐにやさしく甘い笑顔を浮かべる。

その笑顔に胸の奥がきゅんとなって。

私が頬を赤らめると、識嶋さんは息が止まるほどにギュッと私を抱き締め返し、自分の唇を重ねた。


波の音をＢＧＭに愛を囁いて。

淡く輝く星空に、ふたりの未来を誓った。

ＥＮＤ

あとがき

この度は「スイート・ルーム・シェア～御曹司と溺甘同居～」をお手にとってくださりありがとうございます。和泉あやです。

ベリーズ文庫さんからまた本を出させていただけて、これもいつも応援してくださるみなさまのおかげです。心より感謝申し上げます。

……と、かたい挨拶から始まりましたが、今回のヒーローは御曹司です。

私はあまり見たことがないのですが、私の母が言うには韓国のドラマには御曹司の出現率が高いとのことで。

どこの国でも御曹司というのは人気なのだなぁとの印象から書き始めたわけですが、みなさまが想像するドラマや漫画、小説に登場する御曹司はどんな人でしょうか？

私の勝手なイメージでは、俺様か爽やか王子様です。

恋愛が絡むなら、ヒロインをぐいぐいリードして溺愛していく。素敵ですね。

ですが、想像できてしまう御曹司を書いてもつまらないかなと思い……できあがったのがツンデレ御曹司、識嶋さんです。

正直、メインキャラクターでツンデレキャラを書いたことがなかったのですが、ちゃんとツンデレしていましたでしょうか⁉

識嶋さんが、みなさまを楽しませることができていたら幸いです。

そして、今回の書籍化にあたり番外編を執筆いたしました。約三万文字です。頑張りました。ボリュームたっぷりですので、こちらもハラハラドキドキしながら楽しんでいただけたら嬉しいです。


最後に、カバーイラストを描いてくださいましたgamu様、素敵な美織と識嶋さんをありがとうございます。以前、たまたまgamu様の絵を見かけたことがあり素敵な絵だなとときめいたことがありまして、今回描いていただけることとなり驚きました。そんな素敵なご縁をつなげてくださいました担当の中尾さん、スターツ出版のみなさま、御尽力くださりありがとうございます。

そして何より、いつも支えてくださる読者の皆様に、感謝の気持ちと、また次回作でお会いできることを祈って。

和泉《いずみ》あや

和泉あや先生への
ファンレターのあて先

〒104-0031
東京都中央区京橋1-3-1
八重洲口大栄ビル7F
スターツ出版株式会社　書籍編集部　気付

和泉あや先生

本書へのご意見をお聞かせください

お買い上げいただき、ありがとうございます。
今後の編集の参考にさせていただきますので、
アンケートにお答えいただければ幸いです。

下記URLまたはQRコードから
アンケートページへお入りください。
http://www.berrys-cafe.jp/static/etc/bb

スイート・ルーム・シェア
～御曹司と溺甘同居～

2017年11月10日　初版第1刷発行

著　　者　和泉あや
©Aya Izumi 2017

発 行 人　松島 滋
デザイン　カバー　河野直子
フォーマット　hive & co.,ltd.
D T P　久保田祐子
校　　正　株式会社 文字工房燦光
編　　集　中尾友子
発 行 所　スターツ出版株式会社
〒104-0031
東京都中央区京橋1-3-1　八重洲口大栄ビル7F
TEL　販売部　03-6202-0386（ご注文等に関するお問い合わせ）
URL　http://starts-pub.jp/
印 刷 所　大日本印刷株式会社

Printed in Japan

ISBN 978-4-8137-0348-8　C0193

『クール上司の甘すぎ捕獲宣言！』

葉崎《はざき》あかり・著

OLの香奈は社内一のイケメン部長、小野原からまさかの告白をされちゃって!?　完璧だけど冷徹そうな彼に戸惑い断るものの、強引に押し切られ"お試し交際"開始！　いきなり甘く豹変した彼に、豪華客船で抱きしめられたりキスされたり…。もうドキドキが止まらない！

ISBN978-4-8137-0349-5／定価：本体640円+税

『エリート外科医の一途な求愛』

水守恵蓮《みずもりえれん》・著

医療秘書をしている葉月は、ワケあって"イケメン"が大嫌い。なのに、イケメン心臓外科医・各務から「俺なら不安な思いはさせない。四六時中愛してやる」と甘く囁かれて、情熱的なアプローチがスタート！　彼の独占欲剥き出しの溺愛に翻弄されて…!?

ISBN978-4-8137-0350-1／定価：本体640円+税

『イジワル副社長と秘密のロマンス』

真崎奈南《まさきなな》・著

千花は、ずっと会えずにいた初恋の彼・樹と10年ぶりに再会する。容姿端麗の極上の男になっていた樹から「もう一度恋愛したい」と甘く迫られ、彼の素性をよく知らないまま恋人同士に。だけど千花が異動になった秘書室で、次期副社長として現れたのが樹で…!?

ISBN978-4-8137-0346-4／定価：本体630円+税

『朝から晩まで!?国王陛下の甘い束縛命令』

真彩《まあや》-mahya-・著

敵国の王エドガーとの政略結婚が決まった王女ミリィ。そこで母から下されたのは「エドガーを殺せ」という暗殺指令！　いざ乗り込むも、人前では美麗で優雅なのに、ふたりきりになるとイジワルに甘く迫ってくる彼に翻弄されっぱなし。気づけば恋…しちゃいました!?

ISBN978-4-8137-0351-8／定価：本体650円+税

『副社長は束縛ダーリン』

藍里《あいさと》まめ・著

普通のOL・朱梨は、副社長の雪平と付き合っている。雪平は朱梨を溺愛するあまり、軟禁したり縛ったりしてくるけど、朱梨は幸せな日々を送っていた。しかしある日、ライバル会社の令嬢が強引に雪平を奪おうとしてきて…!?　溺愛を超えた、束縛極あまオフィスラブ!!

ISBN978-4-8137-0347-1／定価：本体640円+税

『騎士団長は若奥様限定!?溺愛至上主義』

小春《こはる》りん・著

王女・ビアンカの元に突如舞い込んできた、強国の王子・ルーカスとの政略結婚。彼は王子でありながら、王立騎士団長も務めており、慈悲の欠片もないと噂されるほどの冷徹な男だった。不安になるビアンカだが、始まったのはまさかの溺愛新婚ライフで…。

ISBN978-4-8137-0352-5／定価：本体640円+税

『スイート・ルーム・シェア－御曹司と溺甘同居－』

和泉《いずみ》あや・著

ストーカーに悩むCMプランナーの美織。避難先にと社長が紹介した高級マンションには、NY帰りのイケメン御曹司・玲司がいた。お見合いを断るため「交換条件だ。俺の恋人のふりをしろ」とクールに命令する一方、「お前を知りたい」と部屋で突然熱く迫ってきて…!?

ISBN978-4-8137-0348-8／定価：本体630円+税